U0687735

红楼游园

一步一景

庸安意 编著

江苏人民出版社

图书在版编目（CIP）数据

红楼游园一步一景 / 庸安意编著. -- 南京 ：江苏
人民出版社，2025.1. -- ISBN 978-7-214-29641-2

Ⅰ．I207.411

中国国家版本馆CIP数据核字第2024T0Z651号

书　　　　名	红楼游园一步一景

编　　　　著	庸安意
责 任 编 辑	刘　焱
装 帧 设 计	毛欣明
特 约 编 辑	段建姣　艾思奇　杨　畅
出 版 发 行	江苏人民出版社
出 版 社 地 址	南京市湖南路1号A楼，邮编：210009
总 经 销	天津凤凰空间文化传媒有限公司
总 经 销 网 址	http://www.ifengspace.cn
印　　　刷	雅迪云印（天津）科技有限公司
开　　　本	710 mm×1 000 mm　1/16
印　　　张	10
字　　　数	130千
版　　　次	2025年1月第1版　2025年1月第1次印刷
标 准 书 号	ISBN 978-7-214-29641-2
定　　　价	79.80元

（江苏人民出版社图书凡印装错误可向承印厂调换）

前言　营造录：天上人间诸景备

匠人营国

"开谈不说《红楼梦》，读尽诗书也枉然。"对中国人来说，《红楼梦》总是知道的，而且至少是能说出一两个故事、三五个人物的。

《红楼梦》成书于18世纪中叶，处于清王朝的统治时期，"烈火烹油、鲜花着锦"。从历史来看，封建社会位于盛极而衰的转折点——笼罩在"康乾盛世"的光环之下。当时的社会，面子上风平浪静、盛世太平，底子里却波涛汹涌、暗流丛生。曹雪芹"具菩萨之心，秉刀斧之笔"，含泪撰成此书。

作为中国古典小说不可逾越的高峰，《红楼梦》无疑是伟大的。它的伟大，既在于博采众长，无所不包；也在于精巧细致，纤毫毕现。往小了说，是小院子里的儿女情长；往大了讲，是大家族内的盛衰兴亡。

《红楼梦》最吸引人的地方，自然是栩栩如生的人物和环环相扣的情节，它离我们那么远，又离我们那么近。曹雪芹从各个角度、各个层次，为我们生动再现了人生所经历的离合悲欢、炎凉世态。

▼　黛玉葬花，清代孙温绘全本《红楼梦》局部

人物的成长和情节的推进，这所有的一切，都离不开日常生活的环境，离不开《红楼梦》中的建筑和园林。从大的方面，可分为"宁荣府"和"大观园"两个部分，又分别属于"宅"和"园"两大系统。它们根植于中国古典建筑和园林体系，是中国文化的具体体现。

现代"建筑"一词，在古代称为"营造"。相应地，现代的"建筑师"，在古代称为"匠人"。营造，即"经营、建造"，通常包括前期的构思、规划和后期的营建、施工两部分，是技术与艺术的融合，也是传统文化思想和哲学理念的再现。

《周礼·考工记》云："匠人营国，方九里，旁三门。国中九经九纬，经涂九轨。左祖右社，前朝后市，市朝一夫。"意思是：王城每面边长九里，有三个城门；城内纵横各有九条道路，每条道路可容九辆马车并行；王宫居中，左侧是宗庙，右侧是社坛（或社庙），前面是朝堂，后面是市场，朝堂和市场的面积各为一夫（约 100 步 × 100 步）。

这段话奠定了中国几千年建筑的典型格局，直至明清时期的政治中心紫禁城（故宫），仍然是"左祖右社、前朝后寝、中轴对称"的布局。

▲ 王城图，摹自宋代聂崇义绘《考工记》

土木宅园

从建筑的起源来看，中国文明的发源地有两个——北方的黄河流域和南方的长江流域。"土"和"木"正是这两种文明在住宅建筑上的表现[1]。因此，在传统语境中多以"土木"指代建筑。后来，起源于北方的"穴居"和起源于南方的"巢居"，经过演变逐渐趋同，形成以木结构为主，土、竹、砖、石等材料为辅的古典建筑体系，又可分为住宅建筑和园林建筑。

▲ 《山水楼阁图》册之四，清代陈枚

---

1 参见柳肃《营建的文明——中国传统文化与传统建筑》，清华大学出版社，2014年。

▲ 《东园图》卷，明代文徵明

　　住宅建筑，是供居住使用的建筑。《黄帝宅经》记载："凡人所居，无不在宅……故宅者，人之本。"一直以来，人们都十分重视住宅的营造，形成不同的风格体系和等级制度。

　　园林建筑，是供游憩、观赏用的建筑，是暂时性的居所，大多被称作"别业"——有别于"旧业"或"宅第"，是第二套住宅。

　　中国古典园林，起源于秦汉时期的"囿""苑"，狩猎和通神是其最早的两种功能[1]。魏晋南北朝时期，产生了以山水、植物等自然形态为主体的园林体系。唐宋时期，古典园林中的山水景观与文学、书法、绘画等相互交融、互相影响，奠定了后世"文人造园"的基础。明清时期，古典园林达到成熟阶段，形成了以"北方皇家园林"和"南方私家园林"为典型代表的两大园林体系。

---

1 参见楼庆西《中国园林》，五洲传播出版社，2003 年。

　　皇家园林以雄奇见长，恢宏大气，具有"移天缩地、再架山水"的气魄；私家园林以秀美著称，精致小巧，具有"步移景异、一步一景"的情致。与皇家园林"于城市中再造山林"不同，私家园林大多是宅园——依附于居住建筑而在其内院或外围兴建的园林。个园是"前宅后园"，住宅在南、园林在北；狮子林是"左园右宅"，住宅在东、园林在西；耦园比较特殊，住宅在中间、园林在东西两侧，形成"一宅两园"的结构。

　　在宁国府后花园的基础上修建的大观园，显然是"宅园"，属于私家园林的范畴。但它是为了迎接元妃省亲而建，自然又具有皇家园林的风范。更重要的是，大观园在满足传统园林建筑游憩、观赏、读书、会客的基础上，突出了居住功能，因此才能从"省亲别墅"转变为"群芳居所"。

筑梦红楼

如果说以贾宝玉、林黛玉、薛宝钗等为代表的"群芳谱"，是寄托了曹雪芹全部心血的人物，那么以怡红院、潇湘馆、蘅芜苑等为代表的"大观园"，就是寄托了曹雪芹全部理想的场所。

大观园是独特的，它既有皇家园林的气度，又有私家园林的风情，兼具北方园林的雄浑和南方园林的秀美。因此，引发了原型之争——大观园是在南方，还是在北方？它的原型是北京的恭王府花园，还是南京的随园，或是苏州的拙政园？

其实都不可信，或者说都不可全信。大观园有本可依，却无处可查。《红楼梦》是小说，虚构是小说的核心要素之一。既然是虚构，大观园就不可能真的存在，就不可能存在原型。陈从周说："假假真真，真真假假。《红楼梦》大观园假中有真，真中有假。是虚构，亦有作者曾见之实物，又参有作者之虚构。其所以迷惑读者正在此。"[1]大观园理应是根植于中国古典园林的大群体，而不是以一两个园林为代表，它是虚拟园林的集大成者，是"小型苑囿、大型宅园"。

▲ 《狮子林图》卷局部，清代钱维城

---

1 陈从周：《说园》（典藏版），同济大学出版社，2017年，第74页。

王国维《人间词话》说："诗人对宇宙人生，须入乎其内，又须出乎其外。入乎其内，故能写之；出乎其外，故能观之。入乎其内，故有生气；出乎其外，故有高致。"[1]研究《红楼梦》中的建筑和园林，也应如此——既要"入乎其内"，又要"出乎其外"。能入能出，才能"自成高格，自有名句"，才能在《红楼梦》真假、有无、虚实的辩证思想之外，深入探寻宁荣府和大观园背后折射出的营造技艺、文化思想和哲学理念。

所谓"触景生情，睹物思人"，只有了解其中的"景"与"物"，才能体会其中的"人"与"情"。本书以《红楼梦》中描述的建筑和园林为主，以现实存在的建筑和园林为辅，互相参照、互相映衬，力求客观、清晰地探寻古典园林建筑之美。

现在，让我们一起走进《红楼梦》，走进大观园，走进这全景式的画卷，走进这烟火味的人间！

1 王国维：《人间词话》，江苏文艺出版社，2007 年，第 35 页。

《红楼梦》版本统计略表

序号	简称	题名	版本情况	收藏地	抄录时间
1	甲戌本	脂砚斋重评石头记	现存16回，包括1～8、13～16、25～28回	上海博物馆	乾隆十九年（1754）
2	己卯本	脂砚斋重评石头记	现存41回及2个半回，包括1～20、31～40、55回下、56～58、59回上、61～70回（缺64、67回，由原收藏者武裕庵据乾隆抄本补抄）	中国国家图书馆	乾隆二十四年（1759）
3	庚辰本	脂砚斋重评石头记	现存78回，缺64、67回	北京大学图书馆	乾隆二十五年（1760）
4	蒙府本	石头记	现存73回，缺57~62、67回	中国国家图书馆	—
5	戚序本	石头记	现存80回	戚沪本，前40回，存上海图书馆；戚宁本，80回全，存南京图书馆	—

序号	简称	题名	版本情况	收藏地	抄录时间
6	列藏本	石头记	现存 78 回，缺 5、6 回	俄罗斯科学院东方学研究所圣彼得堡分所	—
7	郑藏本	红楼梦	现存 2 回，包括 23、24 回	中国国家图书馆	—
8	甲辰本	红楼梦	现存 80 回	中国国家图书馆	乾隆四十九年（1784）
9	舒序本	红楼梦	现存 40 回，包括 1～40 回	首都图书馆	乾隆五十四年（1789）
10	梦稿本	乾隆抄本百廿回红楼梦稿	现存 120 回	中国国家博物馆	—
11	卞藏本	红楼梦	现存 10 回，包括 1～10 回（另存 33~80 回回目）	—	—
12	程甲本	新镌全部绣像红楼梦	现存 120 回	—	乾隆五十六年（1791）
13	程乙本	新镌全部绣像红楼梦	现存 120 回	—	乾隆五十七年（1792）

目录

第 三 章

园林观：抱水衔山花木间　　133

荣国府：轩峻壮丽重威仪

荣国府正院

贾母院

贾赦院

贾政院

凤姐院

梨香院

第一章

宁荣府：
诗礼簪缨气峥嵘

开间
门面

花园
宗祠
府第

宁国府：广宇重门庭院深

◯ 开间

《红楼梦》中的建筑和园林以宁荣府和大观园为核心，最早出现于贾雨村口中：

> 去岁我到金陵地界，因欲游览六朝遗迹，那日进了石头城，从他老宅门前经过。街东是宁国府，街西是荣国府，二宅相连，竟将大半条街占了。大门前虽冷落无人，隔着围墙一望，里面厅殿楼阁，也还都峥嵘轩峻；就是后一带花园子里面树木山石，也还有蓊蔚洇润之气……（第二回）[1]

短短数句，既大致勾勒出宁荣府"峥嵘轩峻"的建筑格调和"诗礼簪缨"的富贵气象，也巧妙地描绘出宁荣府"前庭后院"的总体布局和"院落组合"的群体结构。同时，还蕴含着四合院的典型格局，体现着传统文化的尊卑思想。

准确地说，这是贾家在金陵的"老宅"，而非黛玉进京都的"新府"，但这段关于金陵贾府的描述，用于都中的贾府同样合适。

四合院建筑大多是依东西向的街道坐北朝南建造，中轴对称而左右均衡，对外封闭又对内开敞。受"左为上"[2]的传统礼制思想影响，宁公居长、为尊，故位于左侧，即街东，因此"街东是宁国府，街西是荣国府"。

▲ 宁荣街平面示意图

---

1 本书引文均摘自曹雪芹著，无名氏续，程伟元、高鹗整理《红楼梦》，人民文学出版社，2019 年。
2 古时左右尊卑秩序随着朝代更迭有所改变，通常"以左为尊"。所谓"左右"皆以坐北朝南计，因帝王"南面为王"之故。

古典建筑以柱为承重构建，以间为基本单元。间，又叫"开间"，指两榀屋架所围合的空间，或者四柱之间的空间。作为最基本的建筑单元，每间建筑又可分为正面和侧面，通常正面宽、侧面窄。正面，即横向柱子之间的距离，称"阔"或"面阔"；侧面，即纵向柱子之间的距离，称"深"或"纵深"。若干面阔之和称为"通面阔"，若干进深之和称为"通进深"，即现代建筑的长和宽。

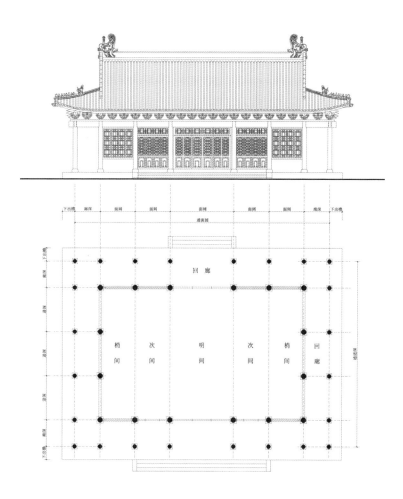

▲ 古建筑平面、立面图，面阔与进深

封建社会建筑的规模、样式、布局都要服从礼制，大体上分为亲王、郡王、贝勒、贝子、公侯、品官、百姓等级别。不同级别的人享有不同等级的居住权限，如果逾制建宅，即"僭越"，是要论罪甚至处死的。

关于建筑等级的高低，最直观的体现在于建筑体量的大小，即建筑开间的多少。古典建筑以间为基础，不同的间构成单体建筑，不同的单体建筑组成群体院落，不同的群体院落形成街坊和城市，遵循由"间—栋—院—群—街坊—城市"构成的建筑形式和城市格局。所以，建筑开间越多，建筑等级越高。

因《易经》以"奇数为阳，偶数为阴"，住宅是人的居所，又称"阳居"，故开间多为奇数。又因"九为极阳之数"，所以最高等级的建筑面阔九间，再配以进深五间，足以体现"九五之尊"的气度，成为皇宫大殿的专享。唯一例外的是故宫太和殿——作为封建王朝最后的中心，太和殿是体量最大、等级最高的建筑物，面阔达十一间，是"君权神授"思想的典型体现。而且，九开间的建筑也可用在最高等级的皇家祭祀地，如曲阜孔庙的大成殿、泰安岱庙的天贶殿等。

◇ 门面

　　建筑体量是等级制度的体现，建筑大门也是。门，是进入宅第的必由之路，承担着展现主人身份、彰显主人地位的重任。以"门面"指代大家族，也由此而来。

　　乾隆二十九年(1764)刊印的《大清会典》规定："亲王府制，正门五间，启门三……正殿七间……凡正门殿寝均酢覆绿琉璃瓦，脊安吻兽，门柱丹腹，饰以五彩金云龙纹，禁雕刻龙首，压脊七种，门钉纵九横七……亲王世子府制，正门五间，启门三……正殿五间……郡王府制亦如之。贝勒府制……正门一间，启门一。堂屋五重，各广五间。筒瓦压脊，门柱红青油漆，梁栋贴金，彩画花草。余与郡王府同。贝子府制……正门一重，堂屋四重，各广五间，脊用望兽。余与贝勒府同。镇国、辅国公府制亦如之。"

　　"宁国公"贾演和"荣国公"贾源，属于"镇国公"或"辅国公"级别的封爵，其府制与贝子府相同。因此，林黛玉眼中的宁荣府先是"三间兽头大门"，后是"正面五间上房"，有理有据。

　　在建筑府制之外，大门的名称也有等级限制：王府之门可称"宫门"，王府以下称"府门"，没有爵位的品官只能称"宅门"。因秦可卿突然殁了，宝玉乘车匆匆而来，"只见府门洞开，两边灯笼照如白昼"，这"府门"二字，可不是泛泛而写。

▼ 宫门，清代徐扬《日月合璧五星联珠图卷》局部

除了府制和名称，大门的等级还体现在建筑装饰上——门钉是一方面，兽头是另一方面。

兽头，又称"铺首"，是古典建筑的一种大门饰件[1]，因多雕铸成兽头之形而得名。铺首一般为金属制，配以金属门环，扣之叮当有声、铿锵有节，可以用来敲门和拉门，称为"铺首衔环"。铺首造型精美，是很好的装饰构件。古人认为威严肃穆的铺首"兽面衔环辟不祥"，具有辟邪镇宅的作用。后来，随着铺首礼制意义的加重，它也渐渐演变成封建等级的一种象征。

宁荣府的这"三间兽头大门"，平常并不轻易开启，只有在重大日子或重要人物来访时才会打开，日常生活只从侧门进出。侧门分布在大门两旁，分别叫东角门和西角门。所以，黛玉进荣国府时，"却不进正门，只进了西边角门"。

在宁荣街，黛玉最先见到的是"街北蹲着两个大石狮子"。刘姥姥带板儿进城，"来至荣府大门石狮子前，只见簇簇轿马"，便不敢过去。狮子被誉为"百兽之王"，大约在东汉时期传入中国。随着佛教的广泛传播和深刻影响，狮子逐渐被视为信仰的图腾，具有辟邪驱恶、镇宅护卫的功能。在宫殿、陵墓、寺庙、桥梁、府邸等建筑前，总能见到栩栩如生、威风凛凛的狮子——既有装饰作用，又能彰显身份。

一般而言，大门前的狮子应成对摆放、成对更换，且狮头朝外。同样受"左为上"的礼制影响，东门边为雄狮，脚边踩一只绣球，象征威力无边，俗称"狮子滚绣球"；西门边为雌狮，脚下扶一只幼狮，寓意子孙昌盛，俗称"太狮少狮"。

狮子的等级标志，体现在头部的卷毛疙瘩上：一品官或公侯府第前的狮子，头部有十三个卷毛疙瘩，称为"十三太保"；一品官以下官员府第门前的狮子卷毛疙瘩要逐级递减，且每低一品就减一个疙瘩，至七品官以下的府第，则不准安放。

---

1 "兽头大门"还有一种解释，即兽头，又称"望兽"，是古典建筑的一种屋脊饰件，位于屋脊的顶端。"望兽"和"吻兽"具有相同的作用——结构作用、装饰作用和辟邪作用。不同的是，吻兽口朝内，呈含脊状；望兽口朝外，或张嘴或闭嘴，因皆向外望去，故称"望兽"。望兽的等级比吻兽的等级低。按照规定，王府大门可以用吻兽，贝子和公爵的府门只能用望兽。所以，宁荣府作为公爵的府门，采用望兽构件，为"兽头大门"。

常见的狮子多为石雕，因为便于取材和雕刻，也有铜雕，如北京故宫门前的铜狮和山西晋祠内的铜狮。想来，宁荣府前的石狮子自然巧夺天工、威风八面，代表着贾府的气质，体现着贾府的威严。同时，也见证着贾府的繁华和衰落。

　　黛玉弃舟登岸之后，步步留心，时时在意。进入城中，"从纱窗向外瞧了一瞧，其街市之繁华，人烟之阜盛，自与别处不同。""街北蹲着两个大石狮子，三间兽头大门……正门之上有一匾，匾上大书'敕造宁国府'五个大字。"连用四个"大"字，不仅表现了贾府宏伟高大的建筑外观，也暗示了贾府显赫高贵的社会地位，寥寥数笔，尽得风流。

▲ 接外孙女贾母怜孤女，清代孙温绘全本《红楼梦》局部

⬡ 宁国府：广宇重门庭院深

宁国府主要分为府第和花园两部分，府第在南，花园在北，符合"前庭后院"的传统格局。

府第

宁国府的府第为典型的合院格局，呈中轴对称布置，广宇重门，庭院深深。从东至西分三路，中路为正院。

"宁国府从大门、仪门、大厅、暖阁、内厅、内三门、内仪门并内塞门，直到正堂，一路正门大开，两边阶下一色朱红大高照，点的两条金龙一般。"这一系列由"门"组成的轴线部分，大致分为三进院落：从大门到仪门为第一进院落，从"仪门"到内三门为第二进院落，从内三门到正堂为第三进院落。

凡两进以上院落，都分为内宅和外宅，并由二门连接和沟通。宁府的三进院落中，第一、二进为外宅部分，第三进为内宅部分。外宅主要为会客、接待之用，相当于工作区，或者称客厅；内宅主要为起居、生活之用，相当于"生活区"，或者称卧室。

合院格局，也即"院落式民居"，是我国最普遍的一类民居。单德启认为，从某种意义上讲，院落式民居是农耕社会里最先进的一种民居模式，也是封建社会形态物化自然环境较理想的一种模式。[1]

四合院，是院落式民居的典型代表，一般构成为由四面建筑围和而成的内院式住宅，包括四面住宅和中央庭院两部分。"合"即四面房屋围合在一起，形成口字形，称一进四合院。同理，两进院落为两进四合院，平面呈日字形；三进院落为三进四合院，平面呈目字形，依此类推。此外，还有较为简单的形态，如三合院、二合院，即由三面或两面建筑加围墙组成的院落。

---

1 参见单德启等《中国民居》，五洲传播出版社，2003 年。

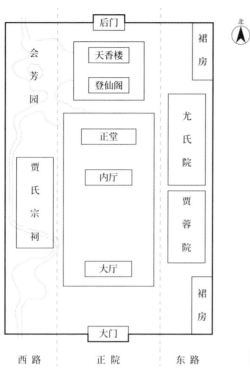

▲ 宁国府平面示意图

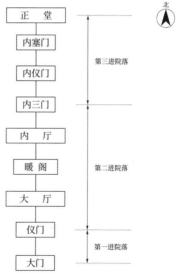

▲ 宁国府三进院落示意图

北

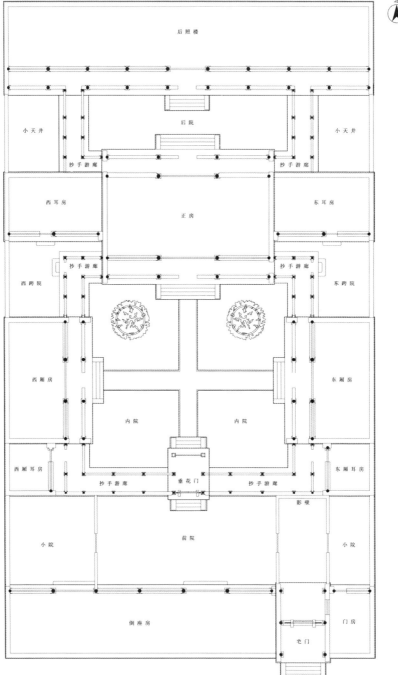

后照楼

小天井　　　　　　　　　　后院　　　　　　　　小天井

抄手游廊　　　　　　　　　　　抄手游廊

西耳房　　　　　正房　　　　　东耳房

抄手游廊　　　　　　　　　抄手游廊

西跨院　　　　　　　　　　东跨院

西厢房　　　　　　　　　　东厢房

内院　　　　内院

西厢耳房　　　　　　　　　　　　东厢耳房

抄手游廊　　垂花门　　抄手游廊

影壁

小院　　　　　前院　　　　小院

门房

倒座房　　　　　宅门

▲ 四合院平面图

协理宁国府期间，凤姐儿先"来至三间一所抱厦内坐了"思考应对之策，后天天卯正二刻就过来点卯理事，"独在抱厦内起坐，不与众姑娌合群"。

抱厦，指在主体建筑之前或之后接建出来的小房子，常为一间或三间，又叫"龟头屋"。因其在形式上如同搂抱着正屋、厅堂，故称抱厦。建在正房南侧的称抱厦，建在北侧的称倒座抱厦。

▲ 抱厦，清院本《十二月令图轴·五月》局部

从功能上讲，抱厦属于附属性建筑，虽然可以会客、读书或居住，但并非必不可少。为什么《红楼梦》中建有这么多抱厦呢？这要从古典建筑的构成说起。

中国古典建筑属于"三段式"构成，即由屋顶、屋身和台基三部分构成。其中，又以屋顶最具有代表性、最能体现建筑之美，俗称"大屋顶"，是"第五立面"。在秦汉至明清的漫漫历史长河中，逐渐演变出庑殿顶、歇山顶、悬山顶、硬山顶、卷棚顶、攒尖顶等屋顶形式。对单体建筑而言，看似形式众多，实则选择很少，因为屋顶使用具有严格的等级限制。而且，古典建筑素来以群体组合取胜，大型的、重要的建筑往往采用前后抱厦、左右耳房、副阶周匝、两面围廊等附属建筑的手法，形成外观更复杂、变化更丰富的组合体。

因此，《红楼梦》中众多的抱厦建筑，一方面具有实用功能，另一方面也具有美化功能。

宗祠

古代中国不是法制国家，而是礼制国家，历来讲究"以礼治国"。只有在"礼"约束不到的地方，才由法律制裁，所谓"礼不至则上刑""失礼则入刑"。

礼，又叫"礼制"，是古代国家规定的礼法、制度。主旨思想和基本内容就是等级制，本质是区分上下、高低、贵贱的等级秩序。礼渗透社会的方方面面，关乎生活的点点滴滴，大到伦理道德、立国安邦，小到举止规范、里短家长。孔子说："不学礼，无以立。"

祭祀是礼仪的发端。"国之大事，在祀与戎"，祭祀自古以来就具有极其重要的地位，于国家而言如此，于家庭而言亦然。

祭祀分两类，一类是祭祀自然神灵，如天地、日月，其建筑叫"坛"。一类是祭祀名人先贤，如孔子、关羽，其建筑叫"庙"或"祠"。前者表达"人与自然"的关系，最高等级为"祭天"，在天坛举行。后者表达"人与人"的关系，最高等级为"祭孔"，在孔庙举行。最常见、最普通的祭祀，为"祭祖"，在家庙或祠堂中举行。

贾氏宗祠，就是贾家共同祭祀先祖的地方，在第五十三回"宁国府除夕祭宗祠　荣国府元宵开夜宴"中，有详细叙述。

先看祭祀之地：

　　原来宁府西边另一个院子，黑油栅栏内五间大门，上悬一块匾，写着是"贾氏宗祠"四个字，旁书"衍圣公孔继宗书"。两边有一副长联，写道是："肝脑涂地，兆姓赖保育之恩。功名贯天，百代仰蒸尝之盛。"亦衍圣公所书。进入院中，白石甬路，两边皆是苍松翠柏。月台上设着青绿古铜鼎彝等器。抱厦前上面悬一九龙金匾，写道是："星辉辅弼"，乃先皇御笔。两边一副对联，写道是："勋业有光昭日月，功名无间及儿孙。"亦是御笔。

▲ 除夕祭宗祠，清代孙温绘全本《红楼梦》局部

衍圣公，是孔子后裔嫡长子孙的世袭封号，始于宋仁宗至和二年（1055）。明清时期为正一品官阶，世称"天下文官首，历代帝王师"。贾氏宗祠由"衍圣公"和"先皇御笔"题写匾额、对联，自然是凸显其家族既富且贵。对联中"功名贯天""勋业有光"等，也无非是烘托贾家功劳之高、地位之尊和富贵之极。

再看祭祀之礼：

　　只见贾府人分昭穆排班立定：贾敬主祭，贾赦陪祭，贾珍献爵，贾琏贾琮献帛，宝玉捧香，贾菖贾菱展拜毯，守焚池。青衣乐奏，三献爵，拜兴毕，焚帛奠酒，礼毕，乐止，退出。

　　……贾荇贾芝等从内仪门挨次列站，直到正堂廊下。槛外方是贾敬贾赦，槛内是各女眷。众家人小厮皆在仪门之外……左昭右穆，男东女西，俟贾母拈香下拜，众人方一齐跪下……（第五十三回）

其尊卑有序，内外有别，等级严明若此。《礼记·中庸》称"宗庙之礼，所以序昭穆也"。昭穆制度是指宗庙中的排列次序，郑玄注"自始祖之后，父曰昭，子曰穆"。古时宗法制度、宗庙次序，以始祖居中，二世、四世、六世位于左方，称"昭"；二世、五世、七世，位于右方，称"穆"。同时，昭穆也是古代祭祀时，子孙按宗法制度的规定排列行礼，其作用在于"别父子、远近、长幼、亲疏之序而无乱也"。

冷子兴曾说："宁公死后，长子贾代化袭了官，也养了两个儿子。长名贾敷，至八九岁上便死了，只剩了次子贾敬袭了官，如今一味好道，只爱烧丹炼汞，余者一概不在心上。"

道家讲究"清静无为"，贾敬也好清静，不肯回家"染了红尘"。但在"除夕祭宗祠"的数十日间，他时时参与其中，且常常起主导作用，直至祖祀完毕，才出城修养。贾敬作为"方外之人"也不敢怠慢，可见祖先崇拜意识的强烈和祖先祭祀仪式的重要。

宗祠是一个家族中最重要、最神圣的地方，所有重要的事情都必须在宗祠进行，即凡事"必告于先祖"。《红楼梦》中有多次描述：

这年贾政又点了学差，择于八月二十日起身。是日拜过宗祠及贾母起身，宝玉诸子弟等送至洒泪亭。（第三十七回）

当下又值宝玉生日已到……奠茶焚纸后，便至宁府中宗祠祖先堂两处行毕了礼，出至月台上，又朝上遥拜过贾母、贾政、王夫人等。（第六十二回）

那日已是腊月十二日，贾珍起身，先拜了宗祠，然后过来辞拜贾母等人。（第六十九回）

《说文》云："宗者尊也，庙者貌也，言祭宗庙，见先祖之尊貌也。"甲骨文中的"宗"字，表示外面一座房子，里面一座牌位。因此，在祭祀之前，贾珍便"开了宗祠，着人打扫，收拾供器，请神主，又打扫上房，以备悬供遗真影像"。在祭祀之后，"又过宁府行礼，伺候掩了宗祠，收过影像，方回来"。

▲ 甲骨文中的"宗"

花园

会芳园位于宁国府后半部分，与荣国府一巷之隔。园中有一股活水，是从北拐墙角下引来。大观园中的溪、池、河等水，便从此处引来。修建大观园时，会芳园中的竹树山石以及亭榭栏杆等物，多有挪用，既省时，又省力，更省心。

与大观园相比，会芳园面积不大且规格不高，时间不长且故事不多，其作用主要在于日常游乐及亲朋聚会。园内主要建筑有：天香楼、凝曦轩、登仙阁、逗蜂轩和丛绿堂等。其中，凝曦轩为吃酒处，登仙阁为停灵处，逗蜂轩为捐官处，丛绿堂为设宴处，皆泛泛而谈，点到为止。

相比之下，天香楼重要得多——出现的次数多，发生的故事更多。一方面，宁府在天香楼"庆寿辰、排家宴"，是欢乐的地方。另一方面，宁府又在天香楼"设坛、打醮"，是悲伤的场所。

　　此外，《红楼梦》原稿中有"秦可卿淫丧天香楼"一节，且有"遗簪、更衣诸文"，后因故删去。天香楼既是秦可卿偷情纵欲的地方，也是秦可卿自缢身亡的场所，只是我们无缘得见。只能通过字里行间、一星半点的信息，去想象那个悲喜交加的天香楼曾发生的一切。

　　有趣的是，北京恭王府后花园（即萃锦园）中有一小院，名为"天香庭院"，匾

▲ 丛绿堂，清代孙温绘全本《红楼梦》局部

额乃慎郡王允禧所题。有人便与《红楼梦》的"天香楼"挂钩联想，这难免有牵强附会的嫌疑。可是无巧不成书，当年中国艺术研究院红楼梦研究所正是在这里，以"庚辰本"（前八十回）和"程甲本"（后四十回）为底本，出版了《红楼梦》的新校本，成为目前最为权威和准确的通行本之一，在红学版本史上具有重要意义。

大观园建成后，会芳园自然不复存在，但天香楼、丛绿堂等建筑保留了下来。所谓"会芳"，会者，见也，聚合也；芳者，香也，美人也。故会芳园，即美人聚合之园。而"天香"，既是芳香的美称，又是美人的别名。则天香楼，即美人居住之楼。可见曹公之笔，总是不脱清净之女儿、内帷之故事，是以"撰此闺阁庭帏之传"。

▲ 王熙凤梦会秦可卿，清代孙温绘全本《红楼梦》局部

○ 荣国府：轩峻壮丽重威仪

　　荣国府是故事主角的出生地，也是故事主线的发生地，倾注了曹公极大的心力。相比于宁国府的轻描淡写，荣国府可谓浓墨重彩。为了既完整又细微地呈现荣国府的面貌，曹公运用了很多手法，比如"画家三染法"，其演说荣府一篇者……借用冷子兴一人，略出其大半，使阅者心中，已有一荣府隐隐在心，然后用黛玉、宝钗等两三次皴染，则曙然于心中眼中矣。

　　且说黛玉自那日弃舟登岸之后，便步步留心，时时在意。故而，关于宁荣府第的描述皆细密周详，以其出自黛玉之眼也。鉴于宁荣府的格局以四合院为主，所以府中大多是一进又一进的院落。仅就第三回"林黛玉进贾府"时拜访的院落而言，便依次有贾母院、贾赦院、荣国府正院、贾政院，然后从后房门由后廊往西，出了角门，是一条南北宽夹道，北边便是凤姐院；再穿过一个东西穿堂，又回到贾母的后院。

　　除此之外，可以肯定的还有东北角的梨香院，后门院墙边的周瑞院，东大院及东边所有下人一带群房，南院马棚，李、赵、张、王四个奶妈院以及贾政的内书房梦坡斋和宝玉的外书房绮霰斋等。

荣国府正院

　　依据封建礼制，荣国府正院应当与宁国府正院格局相似，是由"大门—仪门—内仪门"构成的轴线院落，从书中来看，也是如此：

　　穿过一个东西的穿堂，向南大厅之后，仪门内大院落，上面五间大正房，两边厢房鹿顶耳房钻山，四通八达，轩昂壮丽，比贾母处不同……进入堂屋中，抬头迎面先看见一个赤金九龙青地大匾，匾上写着斗大的三个大字，是"荣禧堂"，后有一行小字："某年月日，书赐荣国公贾源"，又有"万几宸翰之宝"。大紫檀雕螭案上，设着三尺来高青绿古铜鼎，悬着待漏随朝墨龙大画，一边是金蜼彝，一边是玻璃盒。地下两溜十六张楠木交椅，又有一副对联，乃乌木联牌，镶着錾银的字迹，道是："座上珠玑昭日月，堂前黼黻焕烟霞。"下面一行小字，道是："同乡世教弟勋袭东安郡王穆莳拜手书"。（第三回）

这段文字"虚实相间，真假相生"，一方面极力渲染了荣国府的富贵、尊崇，另一方面也客观反映了荣国府的格局、陈设。先皇御笔的"书赐荣国公贾源"，郡王谦逊的"同乡世教弟穆莳拜手书"，以及高大的赤金匾、紫檀案、墨龙画，珍贵的古铜鼎、金蜼彝、玻璃盒，稀缺的楠木椅、乌木联、錾银字等，无一不是既表明陈设、装修的风格，又彰显气度、荣耀的地位。

荣国府正房五间，名"荣禧堂"。荣者，繁荣也、富贵也；禧者，福禧也、吉祥也。"荣禧堂"包含着繁荣昌盛、富贵吉祥的寓意，且"荣禧堂"匾额中的"荣"字，也切合"荣国公"爵位中的"荣"字，可谓巧妙。

"堂"通常与"殿"连用，称"殿堂"，是古典建筑中最重要的建筑。从本质上来说，"殿"和"堂"属于同一种性质，且"殿"是由"堂"发展、变化而来。一般规格较低、规模较小的叫"堂"，规格较高、规模较大的称"殿"。殿堂通常位于院落的中心位置，如皇城中的"太和殿"，佛寺中的"大雄宝殿"等。

"堂"在房屋的正中，高度较高，开间较大，是家族聚集的中心，也衍生出一系列相关语汇，如高堂（对父母的敬称）、令堂（对别人母亲的尊称）、堂房（对同宗而非嫡亲的雅称）等。显然，"堂"的含义已经超出建筑本身，变成家族、宗亲的象征。同时，堂作为旧时官吏议事、办案的地方，也进一步演变成朝廷的权力中心，如都御史称"都堂"、尚书称"部堂"、宰相称"中堂"等。

"中堂"本来是堂屋正中最重要的位置，一般挂着祖先的牌位、画像或装饰性的书画、楹联，摆着八仙桌、太师椅、几案等。唐朝于中书省设政事堂，以宰相领其事，故称宰相为"中堂"。明清时在内阁办公，中书居东西两房，大学士居中，也称"中堂"。此外，"中堂"也是国画装裱中直幅的一种体式，以悬挂在堂屋正中壁上得名。凡此种种，都表明"堂"在古代社会具有重要的作用，是民居宅第中最重要的建筑。

更有意思的，是"荣禧堂"匾额上的落款。康熙皇帝有三枚常用的闲章，一枚为"万几余暇"，一枚为"康熙宸翰"，一枚为"康熙御笔之宝"[1]。因此，有人猜测曹雪芹从三枚闲章各取两个字，巧妙地组成了先皇"万几宸翰之宝"的虚拟印章。

---

1 参见朱冰《曹雪芹·从太虚幻境到武陵溪》，海天出版社，2013年。

正房两边"厢房鹿顶耳房钻山，四通八达，轩昂壮丽"。通常四合院遵循固定的规格：北面是正房，东、西侧是厢房，南边是倒座，中间是院子，四面都是房子，整体再由连廊贯通。《清稗类钞》云："京师内城屋宇，异于外城……大房东西必有套房，曰耳房，左右有东西厢，必三间，亦有耳房，名曰盝顶。"厢房，即正房两旁的房屋，一般呈南北向布置，称东厢房、西厢房。耳房，指正房或厢房两侧连着的小房间。因其进深窄、高度矮，相当于人脸两侧的耳朵，故称"耳房"。

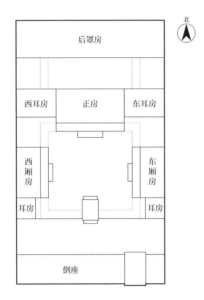

▲ 厢房、耳房位置示意图

据《汉语大辞典》解释，"鹿顶，指东西房和南北房连接转角的地方，亦借指厢房。"还有一种解释即"鹿顶"是"盝顶"的俗称，"盝顶"是古典建筑的屋顶形式之一。两种解释都没问题，但《红楼梦》中多次出现"鹿顶"一词，如"这丫头应了便出去，到二门外鹿顶内，乃是管事的女人议事取齐之所"。综合来看，第一种更恰当。

荣国府的正院及正堂，属于"礼制性建筑"，它是贾府显赫社会地位和尊贵的家族气质的集中体现和典型代表，是一种象征，也是一种荣耀。其建筑规格、陈设、装饰遵循儒家思想、封建礼制和阶级地位，讲究居中、对称和有序。所有的一切都有礼法约束，不允许有太多个人的审美发挥，显得过于理性、冷静而缺少感性和温馨，自然不适宜日常起居。因此，贾母另辟院子居住，贾政和王夫人也只住在正房东边的耳房内。

贾母院

贾母院位于西路，主要包括由垂花门、穿堂、三间内厅、五间上房、后院、大花厅组成的中轴线和抄手游廊、穿山游廊、厢房等，共五进院落，属于豪华型的四合院。

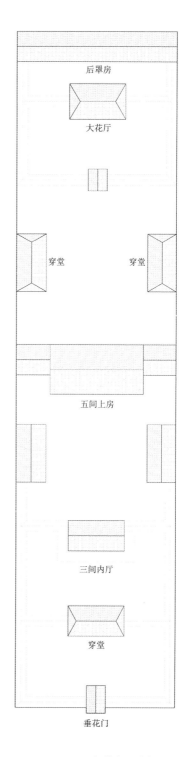

▶ 贾母院平面示意图

黛玉初进贾府时，轿夫抬进去，走了一射之地，将转弯时，便歇下退出去了。换了三四个衣帽周全的小厮，复抬起轿子，行至垂花门前落下，亦退出。

垂花门，即"大门不出，二门不迈"中的"二门"，是四合院中外宅（前院）和内宅（后院）的分界和唯一通道。其门上檐柱不落地，垂吊在屋檐下，悬挂在半空中，称为"垂柱"。垂柱下有一垂珠，多刻有花瓣、莲叶等装饰华美的木雕，故称"垂花门"。

古时遵循"男女授受不亲"的封建礼制，供生活起居的内宅，不允许外人随便出入，即使是自家的男仆也不例外。因此，众小厮至垂花门前便退下，而后众婆子才打起轿帘，扶黛玉下轿。

垂花门在这里主要起屏障作用——保护内宅的私密性。此外，还具有防卫作用。通常，垂花门在向外一侧的两根柱间安装第一道门，在向内一侧的两根柱间安装第二道门。第一道门比较厚重，类似于大门，又称"棋盘门"，起保卫作用。第二道门相对轻便，类似于屏风，故称"屏门"，起屏障作用。

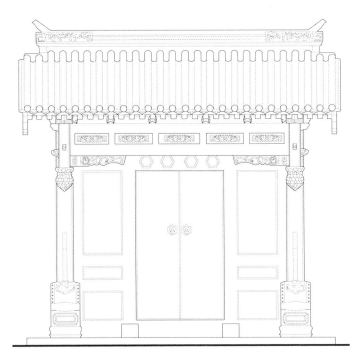

▲ 垂花门正立面图

一般屏门也保持关闭，除非家族中有重大仪式，如婚、丧、嫁、娶等时才会开启。日常出行主要通过两边的侧门或抄手游廊到达内院和各个房间。因此，黛玉进了垂花门，便见"两边是抄手游廊"。

抄手游廊，是古典建筑中走廊的一种常用形式，随其形得其名。抄手游廊一般与垂花门相连，进门后先向两侧展开，再向前延伸，到下一个门之前又从两侧回到中间。在院落中，抄手游廊都是沿着外缘布置，形似"抄手"（即两手交叉，握在一起，谓左右环抱），所以叫抄手游廊。

垂花门的后面，先是穿堂，接着是插屏，转过插屏是三间内厅，再是五间上房——名为"荣庆堂"，与正院的"荣禧堂"一脉相承。作为日常起居的"荣庆堂"，相比作为家族形象的"荣禧堂"，陈设简单了许多，也亲切了许多，主要是当中的一张榻和两边的四张椅，这种陈设更有生活气息和人情味。

正房两边是穿山游廊和厢房。穿山游廊，也是古典建筑中走廊的一种常用形式，同样随其形得其名。山，指房子两侧的墙，形状如山，俗称"山墙"。穿山游廊，指从山墙开门或开洞接起的游廊，又称"钻山游廊"。

廊，是连接两个或几个独立建筑物的一种有顶、有柱的独立通道，属于开敞式附属建筑。主要用于应对恶劣天气等外部因素的影响，便于在烈日下及雨雪天行走，同时具有休憩、观赏等功能。廊既是建筑的组成部分，也是划分空间的重要手段。依据所处的位置及不同的功用，除抄手游廊、穿山游廊外，还有檐廊、回廊、复廊、长廊、曲廊、水廊、爬山廊、窝角廊等类型。它们有的依附于建筑、有的穿插于花丛、有的沿水、有的绕山，形式不一，造型各异，广泛应用在宅第和园林中。

从现代建筑意义来说，廊类似于"灰空间"，也称"泛空间"，是一种介乎室内空间和室外空间的过渡空间。它在一定程度上模糊了建筑内部和外部的界限，消除了建筑内部和外部的隔阂，使两个空间成为一个整体，给人自然、有机、和谐、统一的感觉。

贾母房中有套间暖阁，是与大屋子隔开又连通的小房间，可设炉取暖，亦泛指设炉取暖的小阁。所谓"阁"，本义是门开后插在两旁用来固定门扇的长木桩，引申为"内室"，有隔开之意。一般来说，堂屋在中间，暖阁在旁边。因此，位于堂屋东西两侧的套间，分别叫作"东暖阁"和"西暖阁"。又因暖阁与堂屋之间通常设有门或帘，冷风不能直接吹入，暖气不能轻易散出，以其温暖之故而称"暖阁"。

《红楼梦》中有多处关于"暖阁"的描写，比较突出的是大观园修建后，贾宝玉的住所——怡红院内的暖阁：

> 紫鹃倒坐在暖阁里，临窗作针黹……因见暖阁之中有一玉石条盆，里面攒三聚五栽着一盆单瓣水仙，点着宣石，便极口赞："好花……"……宝玉回来，看晴雯吃了药。此夕宝玉便不命晴雯挪出暖阁来，自己便在晴雯外边。又命将熏笼抬至暖阁前，麝月便在熏笼上。（第五十二回）

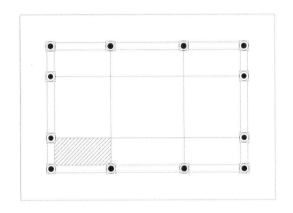

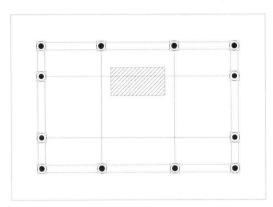

▲ 暖阁位置示意图

可见，防寒、保暖是暖阁的主要作用。除了设炉取暖的"暖阁"，还有设案办公的"暖阁"：

　　次日，由贾母有诰封者，皆按品级着朝服，先坐八人大轿，带领着众人进宫朝贺，行礼领宴毕回来，便到宁国府暖阁下轿……一面走出来至暖阁前上了轿……一时来至荣府，也是大门正厅直开到底。如今便不在暖阁下轿了，过了大厅，便转弯向西。（第五十三回）

　　这里的"暖阁"，是古时官署大堂的设案之阁，用以处理公务，又称"官阁"。一般设在官署大堂正中，是用木隔断分隔出来的小间，阁中置案，案下设炉，冬天处理政务时用来取暖。如今，山西平遥古城的县衙中，还能看到类似的暖阁实例。
　　除了暖阁，贾母房中还有碧纱橱，且碧纱橱内外均有床榻供起居之用。
　　碧纱橱是建筑室内装饰中隔断的一种，也称隔扇门、格门。普通人家在木隔扇框架上糊纸，富贵人家则在框架上糊纱。因常用青、白二色绢纱，且在绢纱上题诗、作画，故称"碧纱橱"。碧纱橱类似于落地长窗，但落地长窗通常安装在建筑外檐，而碧纱橱主要装饰在建筑内檐。
　　碧纱橱大多用于进深方向柱间，由四至十二扇隔扇门连成一体，将一间房隔成南、北两个房间。通常中间两扇隔扇门为开启扇，其余为固定扇，开启的隔扇外侧装有帘架，门扇打开时可挂门帘。因南侧为男主会客之用，北侧为女眷生活之居，如此设置，室内女眷既能保持里面的私密性，又能透过纱窗、门帘了解外面的活动性，可谓绝妙。
　　这一点《红楼梦》中也曾提到：

　　一时只见贾珍、贾琏、贾蓉三个人将王太医领来……只见贾母穿着青皱绸一斗珠的羊皮褂子，端坐在榻上，两边四个未留头的小丫鬟都拿着蝇帚漱盂等物；又有五六个老嬷嬷雁翅摆在两旁，碧纱橱后隐隐约约有许多穿红着绿戴宝簪珠的人。（第四十二回）

▲ 隔扇门样式

　　显而易见，贾母院根植于传统四合院的格局之中，又融入了曹雪芹的生活理想，既符合贾母的身份，又适宜贾母的起居。同时，虽自成一体不受干扰，却也便于子孙"冬温夏清、昏定晨省"。荣府之宅院，宅中有宅，院中有院，院与宅穿插、融合，有格调、讲威仪，屋宇幢幢、院落深深，体现了丰富的生活情趣和高超的艺术水准。

贾赦院

贾赦院位于荣府宅院的东路，是从花园中隔断过来的。虽也是大门、仪门、三重仪门组成的重重院落，但正房、厢庑、游廊皆小巧别致，且院中随处可见树木山石，颇适合居住。

此院没有太多特别之处，但主入口很有讲究，是"黑油大门"。

大门的等级，反映在视觉上，除了跟"门的开间"有关之外，还跟"门的色彩"密切相关。杜甫"朱门酒肉臭，路有冻死骨"的名句，用的就是门的色彩。朱门，又称"朱户"，即红漆大门，是帝王赏给公侯的"九锡"[1]之一。它是宫门的代表，也是等级的标志，常泛指贵族豪富之家。

据《大明会典》载：洪武二十六年（1393）规定，公侯"门屋三间五架，门用金漆及兽面，摆锡环"；一品二品官员，"门屋三间五架，门用绿油及兽面，摆锡环"；三品至五品，"正门三间三架，门用黑油，摆锡环"；六品至九品，"正门一间三架，黑门铁环"。清制基本沿袭，有部分改动。

贾赦现"袭一等将军之职"，但没有说明品级。幸好贾蓉捐官时，有履历一份，云：

> 江南江宁府江宁县监生贾蓉，年二十岁。曾祖，原任京营节度使世袭一等神威将军贾代化；祖，乙卯科进士贾敬；父，世袭三品爵威烈将军贾珍。（第十三回）

清朝世袭爵位中，除铁帽子王外，其余均从世袭递降，即每承袭一次要降一级，但降级至特定爵位即以此传世。贾珍世袭"三品"爵，同样世袭爵位且辈分更高的贾赦，其品级应当高一级，或者至少平级。结合"黑油大门"的规制，贾赦应该也是"三品"爵。

---

1 九锡，是古代天子赐给诸侯、大臣的九种器物，是最高礼遇的象征。《公羊传·庄公元年》："锡者何？赐也；命者何？加我服也。"汉代何休注："礼有九锡：一曰车马，二曰衣服，三曰乐则，四曰朱户，五曰纳陛，六曰虎贲，七曰宫矢，八曰鈇钺，九曰秬鬯。"

▲ 贾蓉捐官，清代孙温绘全本《红楼梦》局部

可见，曹公之笔，全是细节；曹公之力，全在细致。因此，脂批中常作"勿得轻轻看过""勿作泛泛口头语看""非泛泛之文也"等语。

▶ 三品武官豹补服，清代周培春《文武官员品级图》

贾政院

再说贾政院:

原来王夫人时常居坐宴息,亦不在这正室,只在这正室东边的三间耳房内。于是老嬷嬷引黛玉进东房门来⋯⋯于是又引黛玉出来,到了东廊三间小正房内。(第三回)

文中出现了"东边的三间耳房""东房""东廊三间小正房"等类似但不同的地方。脂批云:"黛玉由正室一段而来,是为拜见政老耳,故进东房。"又云:"若见王夫人,直写引至东廊小正室内矣。"由此,大概能够判断出贾政在东房起居,王夫人在东廊小正室居住,且"东廊小正室"即"正室东边三间耳房"中的正房,但不是"东房"。东房应该是荣禧堂正室东侧的套间,类似于贾母院中荣庆堂的套间。"东廊小正室"中的"廊",与抄手游廊、穿山游廊的"廊"不同,是指房屋前檐伸出的部分,即堂下四周的廊屋。

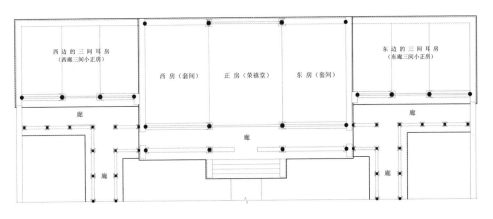

▲ 贾政院平面图

相比建筑格局，贾政院室内陈设的描述更为细致：

临窗大炕上铺着猩红洋罽，正面设着大红金钱蟒靠背，石青金钱蟒引枕，秋香色金钱蟒大条褥。两边设一对梅花式洋漆小几。左边几上文王鼎匙箸香盒；右边几上汝窑美人觚——觚内插着时鲜花卉，并茗碗痰盒等物。地下面西一溜四张椅上，都搭着银红撒花椅搭，底下四副脚踏。椅之两边，也有一对高几，几上茗碗瓶花俱备。（第三回）

不过，也只是"略叙荣府家常之礼数，特使黛玉一识阶级座次耳"。同时，借以强化贾府"诗礼簪缨之族、钟鸣鼎食之家"的形象与气度。

值得注意的是，在东廊三间小正房中，"靠东壁面西设着半旧的青缎靠背引枕"，"王夫人却坐在西边下首，亦是半旧的青缎靠背坐褥"，"挨炕一溜三张椅子上，也搭着半旧的弹墨椅袱"，连用三次"半旧的"，既可知正堂中的陈设并非家常用度，又可知贾政崇尚节俭之风。

综合贾赦院和贾政院，会发现一个有趣的现象：贾赦是长子，却居住在次位——荣国府的"东路"；贾政是次子，却居住在主位——荣国府的"中路"。而荣国府地位最高、身份最尊的贾母，又居住在荣国府的"西路"。而且，贾政院与贾母院是连通的，贾赦院与贾母院却是隔断的。无论从时间上还是空间上看，贾政都更靠近贾府的核心，这显然有悖于封建礼制和伦理道德。周汝昌认为是太忠于生活的原型，而放弃了艺术的修改。[1]也有人认为另有原因，如贾赦庶出论、贾母偏心论等。

---

1 参见周汝昌《红楼梦新证（增订本）》，中华书局，2012年。

凤姐院

　　凤姐院的格局相对简单：南北宽夹道北侧小小一所房室自成一体，开着半大门，门前立着粉油大影壁，穿过东西穿堂便是贾母后院。凤姐院正房三间，两侧的耳房，东侧为大姐儿[1]的睡觉之所，西侧为贾琏及凤姐的起居之地。

　　所谓"小小房屋"，自然是相对"轩昂壮丽"的荣国府正院及"轩峻壮丽"的贾母院而言，若仅就凤姐院来说，其院内正房、耳房、厢房一应俱全，且房内有套间，房外有书房，房后还有储物的后楼和闲置的空屋，这何尝不是外人眼中的"深宅大院"呢？

　　单说这"粉油大影壁"。粉油，即用白色涂料刷过。影壁，又称照壁、照墙，是古典建筑中用于遮挡或装饰的墙壁。影壁由"隐避"演变而成，门内为"隐"、门外为"避"，后世俗称"影壁"。影壁可位于大门内，也可位于大门外，前者称为"内影壁"，后者叫作"外影壁"。

▲ 木制一字影壁　　　　　▲ 八字影壁　　　　　　　▲ 粉油一字影壁

---

1 大姐儿，是否和"巧姐儿"为同一人，目前尚无定论，书中亦有多处矛盾。

依据建造材料不同，通常分为青砖影壁和琉璃影壁，也有石影壁和木影壁等。影壁的平面大多呈一字形或八字形，立面一般分为壁座、壁身、壁顶三部分，和古典建筑的"三段式"构图类似。底座通常有简单的台基和复杂的须弥座两种形式，还有部分照壁不含底座。对照壁而言，最重要的是壁身的中心区域，即由方砖斜铺而成的"影壁心"。

早期的影壁较为简单、朴素，通常只是整齐的磨砖对缝。后来，大多饰有吉祥寓意的花卉、图案、文字等。随着皇宫、王府、豪宅等照壁的装饰越来越华丽，雕刻越来越精湛，工艺越来越复杂，照壁也在保留基本实用功能（即遮挡视线）的同时，增添了装饰功能（即美化屋宇），并逐渐演变为等级和地位的象征。

现存的照壁，最著名、最精美的是三大彩色琉璃"九龙壁"，分别位于山西大同、北京北海和北京故宫。它们和凤姐院前的"粉油大影壁"一样，体量较大，都建在院落的前面，即大门的外面。普通四合院的照壁，体量较小，大多建在院落的内部，即大门的里面。

除了独立照壁，还有依附建筑而成的照壁。如大门内侧，在厢房的山墙上直接砌出影壁形状，使影壁与山墙连为一体，一半明露，一半内嵌，称为"座山影壁"。又如大门两旁，与大门槽口成120°或135°夹角，形成内凹的入口空间，称为"反八字影壁"或"撇山影壁"。

撇山影壁会在门前形成一个具有内向性的小空间，既可作为进出大门的缓冲之地，又具有指向性。这种设计手法在现代建筑中也有所体现，比如，苏州博物馆新馆的大门，便取意于此——采用现代手法，诠释古典意境，所谓"中而新"也。

梨香院

梨香院位于东北角，因院中种有梨花而得名，宝钗的冷香丸就埋在梨花树下。原为荣国公暮年养静之所，有十余间房舍，虽小巧，却前厅后舍俱全。前后两层房舍，西南有一角门，通一夹道至王夫人正房的东院，另有一门通街。注意，此"街"并非宁荣街，而是后街。

梨花，花小、色白、香浓。古代中国，植物大多讲究"比德"，而"梨"谐音"离"，有离散之意，因此梨花虽美，却很少种在重要或明显的地方。直到现在还流传着梨不能分吃的说法，以取"不分离"之意。《甄嬛传》中的"碎玉轩"，因梨花飘落似碎玉而得名，也因寓意不好而被赐给甄嬛。

▼ 梨香院，清代孙温绘全本《红楼梦》局部

梨香院虽然很小，但是非常重要。

首先，作为宝钗在贾府最初的住所，梨香院内宝、黛、钗首次围绕"金玉良缘"发生了一系列暗战，既有宝玉的天真无邪，也有黛玉的尖酸可爱，还有宝钗的浑厚大度。黛玉胸中有大丘壑，虽强词夺理，却又合情合理；虽句句尖刺，却又处处有情。脂批叹道："足见其以兰为心，以玉为骨，以莲为舌，以冰为神，真真绝倒天下之裙钗矣。"

其次，作为女戏在贾府教习的场地，黛玉曾在梨香院墙角上，听得墙内笛韵悠扬，歌声婉转。"妙词通戏语，艳曲警芳心"，黛玉才读过《西厢记》，又听得《牡丹亭》，从此春心已启，伤感不止，直到泪尽而逝。

再次，作为女戏在贾府居住的场所，宝玉也曾在此"情悟"——原来人生情缘，各有分定，自己只是芸芸众生中小小一员而已，从此后只是各人各得眼泪罢了。

最后，作为尤二姐死后停灵的地方，由八个小厮和几个媳妇围随，从内子墙一带用软榻将锦缎衾褥包围的二姐抬到梨香院来。两边搭棚，安坛场、做佛事。最后在尤三姐之上点了一个穴，破土埋葬，结束了尤二姐短暂的一生。

总之，梨香院是宝玉和宝钗"金玉良缘"的起始点，也是宝玉和黛玉"木石前盟"的转折点，更是尤二姐"魂归离恨"的终结点。

南宋陈亮云："梨花香，愁断肠。世间事，皆无常……一首梨花辞，几多伤离别。"梨香院注定是个哀怨悲伤而又不同寻常的地方——那是梦开始的地方，也是梦破碎的地方，正如梨花一样，飘摇而落，似碎玉，似残雪，虽然美丽，却也哀伤。

▶ 《梨花图》轴，宋徽宗赵佶

横斜雪朶不勝春雀
立花枝免水濱位置
高卑誠愜當如何獨
是昧知人
乙酉春日御題

035

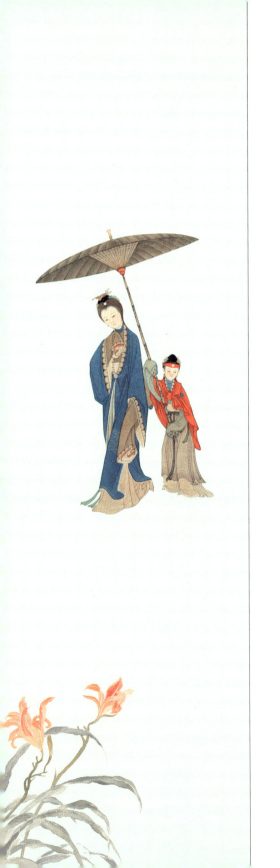

大观楼：琳宫绰约殿巍峨

潇湘馆：夜雨潇湘竹里馆

蘅芜苑：蘅芜满苑萝薛芳

怡红院：绿玉红香花似锦

稻香村：竹篱茅舍杏花繁

紫菱洲：紫菱如锦入水流

秋爽斋：桐剪秋风蕉待雨

暖香坞：红蓼花繁心意冷

栊翠庵：白雪红梅笼青烟

藕香榭：藕花深处香盈榭

芦雪广：因岩成室芦荻满

凸碧山庄：山高月小醉眠芍

沁芳亭：花落流红且停停

蜂腰桥：香满蜂腰传心事

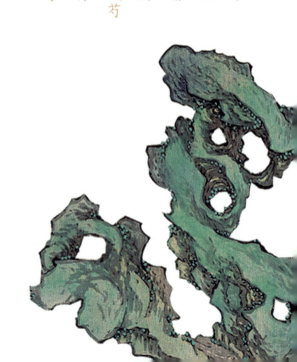

第二章

大观园：移天缩地锡大观

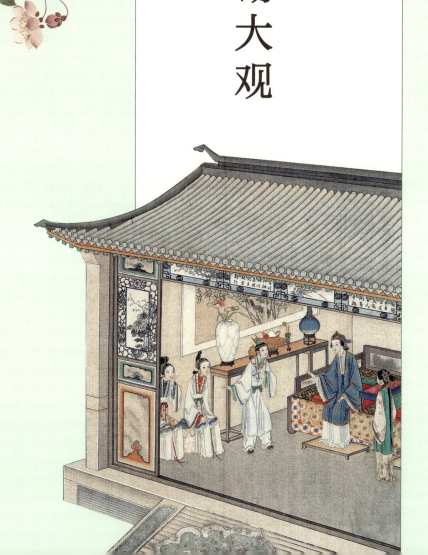

大观园是《红楼梦》中的理想国，为红楼故事的发展提供了背景，使红楼儿女的一切兴衰荣辱、悲欢离合都有本可依、有据可循。大观园是曹雪芹人生理想和社会理想的寄托，也是"太虚幻境"在尘世的投射。如果说太虚幻境是天上的"天仙宝境"，那么大观园便是地上的"人间仙境"。

大观园首先是为文学服务，其次才是为园林作传，它是在古典园林体系上创造出来的"纸上园林"，是"虚拟园林"的集大成者。

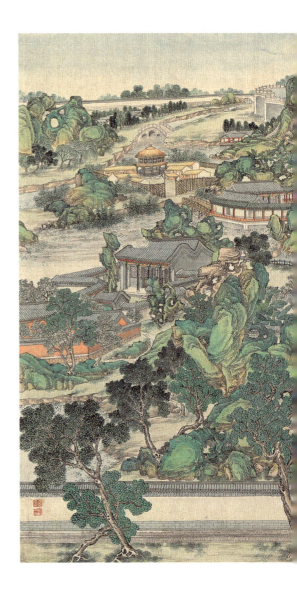

▶ 大观园，清代孙温绘全本《红楼梦》局部

◯ 园之史

　　"园林"一词，最早见于魏晋南北朝时期，但起源要追溯到商周时期的"囿"和秦汉时期的"苑"。《说文》云："囿，苑有垣也。一曰：禽兽曰囿……苑，所以养禽兽也。"可见，苑囿即古代有围墙的园林，豢养禽兽、种植树木，以供帝王游猎、玩赏。这一时期的园林，占地范围极广，以"上林苑"最为典型。

　　上林苑本为秦代旧苑，汉初荒废，至汉武帝时重新扩建。其范围周袤数百里，"荡荡乎八川分流，相背而异态。东西南北，驰骛往来。"据统计，苑中共有三十六苑、十二宫、二十五观。还有巍峨的宫殿，浩淼的池沼，以及无数的珍禽异兽、奇花异草。其面积之大、宫殿之多、园林之盛，亘古未有。而上林苑中建章宫内的太液池，堆石成山以象征神话传说中东海里瀛洲、蓬莱、方丈三座仙山，也奠定了后世皇家园林"一池三山"的造园格局。

　　汉代灭亡后，经历了魏晋南北朝数百年的动乱。社会矛盾的尖锐、士族思想的冲突以及文化艺术的发展，促进了园林景观与诗文、书法、绘画等艺术形式的交融与渗透。这一时期的园林逐渐摈弃了以往宏大的格局，从原始、粗犷变得小巧、精致，也从"娱神"变成"娱人"，产生了私家园林的原始形态，因此，被认为是古典园林的转折期，"形成造园活动从生成期到全盛期的转折，初步确立了园林美学思想，奠定了中国风景式园林大发展的基础。"[1]

　　而后的隋唐时期，经济繁荣、社会稳定，堪称盛世繁华，为园林的兴盛奠定了物质基础。同时，文化和艺术的繁荣，又为园林普及提供了精神基础。于是，出现了一大批陶冶情操、寄托理想的"文人园林"——追求清雅高逸的格调和诗情画意的境界，融山水自然美和人文艺术美于一体，表达文人士大夫阶层的审美观念和价值追求。以王维的"辋川别业"和白居易的"庐山草堂"影响最大，其清淡、雅致的风格，也为后世文人园林的营造奠定了基础。

---

1 周维权：《中国古典园林史（第三版）》，清华大学出版社，2008 年，第 24 页。

两宋时期，延续了"以小见大"的园林空间艺术手法，使"壶中天地""芥子须弥"的范式进一步成熟，并成为古典园林的基本原则。这种范式的典型手法为"聚景"，即在有限范围内尽可能将山水、殿宇、村舍、花木等聚集在一起，形成全方位、多层次的观赏景点[1]。北宋徽宗时期，营造的"艮岳"最具代表性。艮岳方圆不过十余里，峰高不过九十步，之所以有"天下之美，古今之胜"的美誉，是因为其"园虽小而诸景皆备"——叠山、理水、构亭、置石、种树、莳花应有尽有。与此同时，艮岳还把对园林山石的赏玩推到无以复加的高度。

宋代以降，至明清时期，园林艺术完全趋于成熟。明清两朝的数百年间，产生了一大批古典园林的杰作，也是现存园林的主要建造时期。其中，以圆明园、颐和园为代表的"皇家园林"和以拙政园、留园为代表的"私家园林"艺术水准均达到巅峰。只是，皇家园林依然追寻"移天缩地入君怀"的气度，私家园林则更多探求"近水远山皆有情"的韵致。

总的来说，皇家园林与私家园林在造园手法上一脉相承、大同小异，并没有本质的区别和明显的差异。而且，二者是可以相互融合、相互渗透的，甚至可以认为"皇家园林是由多个私家园林组合而成的大型苑囿"。因此，北京颐和园中，可以仿照无锡的寄畅园建造"园中园"——谐趣园；承德避暑山庄中，也可以仿照苏州的狮子林建造"园中园"——文园狮子林。

从这个角度看，皇家园林与私家园林最大的区别或许在于"园基"——即园林占地面积的大小。以山水之胜而言，皇家园林可以真山真水、大山大水，气魄宏大而景象开阔；私家园林则只能摹山拟水、片山勺水，曲折幽深以传神写意。同样，因为私家园林占地面积小，故而只有会客、读书、游憩等必要的建筑，而皇家园林占地面积大，所以还有朝堂、宫殿等办公类建筑和庙宇、道观等宗教类建筑。

皇家园林也好，私家园林也罢，都追求"虽由人作，宛自天开"的艺术境界，探寻"天人合一、咫尺千里"的理想情景，达到"移步换景、步移景易"的景观效果。因此，无论是大尺度的"筑山造海"，还是小范围的"斟酌泉石"，都力求以小见大，含蕴天地，构建一个"言有尽而意无穷"、源于自然又高于自然的园林环境。

---

1 参见楼庆西《中国园林》，五洲传播出版社，2003年。

▲ 北京颐和园佛香阁

◇ 园之文

明清之际，古典园林的营造达到顶峰，园林文化的思考也越发深刻，出现了许多"虚拟园林""纸上园林"的记载。文震亨《王文恪公怡老园记》中便说："园林之以金碧著，不若以文章著也。"

这一时期，大量的园记、园图、园诗开始出现。园林，除了具备独立的美学价值，还有附加的艺术价值——以文学和绘画为主要表现形式。高居翰认为，这些依托园林而作的记、图、诗，虽然都以园中景致为表现对象，却各有分工。"大抵来说一般是：园记标明位置、园图摹写形貌、园诗阐发意韵。记、图、诗合而观之，即使园林已经湮没无存，仍可使人神游于其间。"[1] 文徵明为拙政园绘制《拙政园三十一景图》册，并为每一册页题诗一首，还撰写了一篇《王式拙政园记》，是典型的"记、图、诗"三位一体。

同时代而稍晚的文坛领袖王世贞，虽然建造了"宜花、宜月、宜雪、宜雨、宜风、宜暑"的弇山园，却在《古今名园墅编序》中进行了反思。古代的名园野墅，如上林苑、甘泉宫、昆明湖、太液池等，早已湮没在历史的风沙中，只剩下些残砖碎瓦、绿野平泉。如果想要看一看园林之盛，游一游游园之乐，自然是不能够了。唯一能做的，只是通过文章记述来感受和想象而已。因此，园林文字较之真实园林更能传世，在时间上更有优势。

现实园林既受到诸如规划范围、土地状况、技术工艺、建造材料等各方面的制约，又受政治因素和经济因素的限制，很难营造出完全符合想象的园林形态。虚拟园林则不同，它可以完全脱离现实限制而充分发挥艺术想象，在文字中天马行空、纵横驰骋，营造一个完美的人间仙境。

明代刘士龙通过想象构建了纸上园林"乌有园"——其园依山傍水，园外山连着园内山，园内水接着园外水，楼阁参天，古木荫地，种四季花卉，赏五彩繁华。乌有园不以形而以意，不怕风雨侵蚀，不惧水火无情，不用担心食物不足，也不用担心体力不支，兴之所至，则游目骋怀，足以极视听之娱。

---

1 高居翰、黄晓、刘珊珊：《不朽的林泉》，生活·读书·新知三联书店，2012年，第171页。

▲ 小祇园，明代钱榖《纪行图》册

　　也许，受依托现实园林产生的大量园记、园画、园诗，以及对想象中虚拟园林描述的双重影响，曹雪芹在《红楼梦》中构建出"大观园"的形象。其高明之处在于，创造性地运用古典园林元素，重构古典园林意境，把现实的园林虚拟化，把虚拟的园林现实化：一方面融合现实中的园林景致，使之具有生活的根基，确定其内涵；另一方面又塑造虚拟中的园林风情，使之具有想象的空间，扩大其外延。

　　因此，大观园有真有假——真中有假，假中亦有真；有虚有实——虚中有实，实中也有虚。真真假假、虚虚实实，使人只知其一却不知其二，看不清楚也辨不明白，数百年来令人不断思索、反复赞叹。

◇ 园之建

　　建造大观园，最核心的目的是为了"省亲"。"园林，巧于因借，精在体宜。"造园讲究因地制宜，这样才省时省力，合情合理。

　　造园的基础，在于"相地"，即确定园林兴建的位置、基地。只有相地合宜，才能构园得体。园地有山林地、城市地、村庄地、郊野地、傍宅地、江湖地六类，不同的地形有不同的特点，适宜建造不同风格的园林。大观园属于"傍宅地"，贾赦、贾政、贾珍等商议定了，"从东边一带，借着东府里的花园起，转至北边，一共丈量准了，三里半大，可以盖造省亲别院了。"

▼ 元妃省亲，清代孙温绘全本《红楼梦》局部

园基有了，怎么建呢？需要"能主之人"，即能够主持、谋划、设计的人。

"能主之人"大多是文人士大夫，他们追求较高的审美情趣，以山水画的理论来指导园林山水格局的构建。于是，出现了这样一种现象：关于园林艺术方面的书籍，不是"匠人经验的总结"，而是"文人理论的著作"，形成了"文人造园"的传统。如倪瓒参与了狮子林的营造，文徵明参与了拙政园的设计，袁枚也修建了随园。

随园原为曹寅家族园林的一部分，传说是大观园的原型。后归继任的江宁织造隋赫德，故名"隋园"。乾隆年间，袁枚购得此园，改称"随园"，并作《随园记》。随园中高处置楼，低处安亭。遇溪涧则架桥，逢湍流则行舟。一切都就势取景，而不大兴土木，充分体现了"因地制宜"的造园理念。

大观园"全亏一个老明公号山子野者，一一筹画起造"。山子野，即能主之人，凡堆山凿池、起楼竖阁、种竹栽花一应点景等事，皆由其制度。

▲ 《随园湖楼请业图》局部，清代尤诏、汪恭

明公是对有名位者的尊称。"山子"与"样子"一样，是古时对手工艺人的一种称呼。比如，"山子张"是对明末清初的叠石名家张涟及其子孙张然、张熊、张淑三代人的誉称，"样子（式）雷"是对清代建筑专家雷发达、雷金玉、雷家玺、雷廷昌等雷姓世家的誉称。天津彩塑艺术的代表"泥人张"更是流传至今，成为著名的工艺美术流派。

显而易见，"山子野"是曹雪芹虚拟出来的叠石大师。脂批云："妙号，随事生名。"随事生名，即随着事情的发展给人物设计对应的名字，多采用谐音、双关等艺术手法。如贯穿全书的甄（真）与贾（假），承包竹子的"老祝妈"、承包庄稼的"老田妈"，以及大石头所处的"大荒山无稽崖"，大荒而无稽；甄士隐居住的"十里街仁清巷"，势利又讲人情。"山子野"为什么妙呢？因为"野"谐音"冶"，恰如《园冶》之意，借冶炼而指营造，用以构建园林，极妙！[1]

---

1 据《园冶·自序》记载，计成"暇草式所制，名《园牧》尔"。友人姑孰曹元甫赞叹不已，曰："斯千古未闻见者，何以云'牧'？斯乃君之开辟，改之曰'冶'可矣。"意思是，书中所言自出机杼，千古未闻，不应该称"牧"，而应该叫"冶"，因此改为《园冶》。"冶"字之功非比一般。

古典园林由"山水、花木、建筑"三大部分组成，为什么以叠山大家总揽园林之事，而不是理水名家或建筑名家主持园林建设呢？这就要说到中国古典园林最与众不同的特点了。

风景园林大师周维权先生把中国古典园林的个性和共性概括为四个方面：一是本于自然、高于自然；二是建筑美与自然美的融糅；三是诗画的情趣；四是意境的涵蕴。这些特点，主要得之于"叠山（叠石）"。这是一种高级的艺术创作与结构技术的结合，因此叠山匠师往往也兼作园林规划的主持人[1]。

大观园是在原有的花园基础之上改建、扩建而成，妙于翻造，又精于新筑：有山有水，有竹有树，描画图样，兴建楼阁。在风风火火的进程中，大观园有条不紊地完工了。前后工期，虽说"又不知历几何时"，但是据推测也不过短短一年多时间。巨大的工程竟然能在短期完成，也侧面反映了清代园林建造技艺的娴熟与高超，以及木构建筑易于构建和拆迁的特点。

▲ 大荒山无稽崖，清代孙温绘全本《红楼梦》局部

---

1 参见周维权《中国古典园林史（第三版）》，清华大学出版社，2010 年。

○ 园之景

　　园林之美主要源于两个方面：一是山水自然美，一是人文艺术美。其中，诉诸匾额楹联等的人文艺术美，在提升园林意境方面颇为重要。贾政说"偌大景致，若干亭榭，无字标题，也觉寥落无趣，任有花柳山水，也断不能生色"，就是这个道理。

　　匾额对联可以有效地组织真实的园林景物与文学的景观意象，为之增添深刻的历史文化意义，从而对园林景观进行重塑和再造。《红楼梦》不遗余力地描述园中各景致的匾额、楹联、题诗等，为的就是营造一个整体的氛围和意境。

　　在贾政一行人的带领下，这座移天缩地的虚拟园林，这幅震古烁今的纸上画卷，徐徐展开：

　　只见正门五间，上面桶瓦泥鳅脊；那门栏窗槅，皆是细雕新鲜花样，并无朱粉涂饰；一色水磨群墙，下面白石台矶，凿成西番草花样。左右一望，皆雪白粉墙，下面虎皮石，随势砌去，果然不落富丽俗套，自是欢喜。（第十七回）

　　瓦，一般用黏土烧制而成，也有琉璃瓦、水泥瓦等。据考证，瓦大约出现在西周早期。至秦汉时期，形成了独立的制陶业且对工艺加以改进，无论是生产规模、烧造技术，还是烧制数量、产品质量，都达到了巅峰。其中，又以画像砖和装饰瓦当最有特色，被称为"秦砖汉瓦"。

　　桶瓦，即"筒瓦"，指半圆筒形的瓦。据《中国古建筑瓦石营法》记载：筒瓦屋面是用弧形片状的板瓦做底瓦，用半圆形的筒瓦做盖瓦的瓦面作法。筒瓦屋面常用于宫殿、庙宇、王府等大式建筑，以及园林中的亭子、游廊等。

　　泥鳅脊，是古典建筑的一种屋顶形式，指屋面两坡筒瓦瓦垄过脊时呈卷棚式。因状如泥鳅，故称"泥鳅脊"，又叫"卷棚顶"或"元宝顶"。古典建筑的屋顶是等级标志的象征，有严格的使用规定，但有两种屋顶形式一般不受限制，即"卷棚顶"和"攒尖顶"。因此，卷棚顶多见于园林建筑和民居建筑中。

　　水磨群墙，即加水精细打磨的墙面。古典建筑的墙面十分讲究视觉感受，即使是最普通的墙面，往往也要块块过斧、处处勾缝。水磨墙是精工细作的代表，其表面洁净平整、棱角完整突出、青砖与灰缝和谐统一，具有准确的规格和细腻的质感。唯一的缺点是费工、费料、费时。因此，只有大户人家会用在较讲究、较重要或较特殊的建筑上。

白石台矶即"白石台阶"，是用砖、石、混凝土等砌成的阶梯，多在大门前或坡道上。细究的话，"矶"本意是水边石滩或突出的岩石，"台矶"实际上指大长石头砌的台阶，拙政园和狮子林中皆有实例。

西番草即"西番莲"，多年生常绿攀援木质藤本植物。原产南美洲，大约在明朝末年经欧洲传入我国，花型别致，花色美丽。西番莲纹集合了中式的缠枝纹和西方莨苕叶的特点，形成了极富张力、连绵不绝的花卉纹饰，常用在建筑雕刻和家具雕刻等地方。

刘占英在《西番莲雕花的寓意》指出：西番莲，原名的意思是"受难之花"，据说花朵的某一部分象征耶稣受难的十字架部件[1]。曹雪芹在迎接"元妃省亲"的大观园正门白石台矶上凿有西番莲图案，象征"烈火烹油，鲜花著锦"的盛事之后，是"千红一窟，万艳同悲"的结局，真是绝妙的大手笔！

大观园正门面阔五间，自然是因为元妃，并非逾制和僭越。一眼望去，粉墙、黛瓦、泥鳅脊、水磨石、新鲜细雕花、虎皮随势墙，材料简单而工艺复杂，制作精美又独具匠心，就地取材且随形就势。既不落富丽俗套，又彰显富贵气象，一派园林情致，贾政看了"自是欢喜"。

进入园内，一面走，一面说，一面看，一面评：穿花度柳，抚石依泉，过了荼蘼架，再入木香棚，越牡丹亭，度芍药圃，入蔷薇院，出芭蕉坞，盘旋曲折，目不暇接。或清堂茅舍，或堆石为垣，或编花为牖，或山下得幽尼佛寺，或林中藏女道丹房，或长廊曲洞，或方厦圆亭。偌大的景致，众多的院落，共同形成了"园中有院，院中有园"的格局。

---

1 参见刘占英《西番莲雕花的寓意》，《红楼梦学刊》1993 年第 1 期。

▲ 蓼汀花溆，清代孙温绘全本《红楼梦》局部

　　大观园兼具私家园林与皇家园林的双重特性，可被称为"小型苑囿"或"大型宅园"。但大观园的园基并不大，只是布置巧妙，脂批曾多次透露：

　　诸钗所居之处，若稻香村、潇湘馆、怡红院、秋爽斋、蘅芜苑等，都相隔不远，究竟只在一隅。然处置得巧妙，使人见其千邱万壑，恍然不知所穷，所谓会心处不在乎远大。一山一水，一木一石，全在人之穿插布置耳。

　　仍是沁芳溪矣，究竟基址不大，全是曲折掩隐之巧可知。

　　所以说，大观园大也大得合理，小也小得精致。其精妙之处，全在胸中丘壑，全在穿插布置。

○ 园之名

"衔山抱水建来精，多少工夫筑始成。天上人间诸景备，芳园应锡大观名。"

元妃省亲、游览后，赐名"大观园"。大观，原指为人所瞻仰，又比喻集大成的事物。用"大"指其规模，用"观"指其景致，用"大观"总其园名，意思是园中包含了人间、天上所有美好的景物，"略成小筑，足征大观"，极恰！

不过，这只是最基础的含义，也是最初级的表达。想要深刻理解"大观"的内涵和分量，需要类比"大成殿"，做进一步的思考和联想。

"大成"出自《易经》："元吉在上，大成也。"原指事业上大的成就，后也指学问上大的成就。孟子曰："孔子之谓集大成。集大成也者，金声而玉振之也。金声也者，始条理也；玉振之也者，终条理也。"金指"钟"，玉指"磬"。古时奏乐，以一变为一成，九变而乐终，至九成完毕，则称为"大成"。其乐以钟发声，以磬收韵，从始至终，孟子遂借以称颂孔子的思想。东汉经学家赵岐注："孔子集先圣之大道，以成己之圣德者也。"大成，从此成为颂扬孔子学问及道德的最高语汇。

历朝历代的统治者都对孔子加以封赏和追谥，也多对曲阜孔庙加以修缮和保护。唐玄宗李隆基追封孔子为"文宣王"，并扩建了孔庙，故主殿名为"文宣王殿"。宋代历经多次修建，使孔庙规模日益宏大，功能日益完善。据记载："崇宁初……（徽宗）诏辟雍文宣王殿以'大成'为名。"也就是说，宋徽宗赵佶下诏将"文宣王殿"更名为"大成殿"，并亲笔题写了匾额。从此，曲阜孔庙的正殿便改称"大成殿"，并沿用至今，也成为后世兴建孔庙时主殿的统一称谓。

同样，寺庙中的主体建筑取意于佛的德号"大雄"——大者，包含万有；雄者，摄伏群魔，"大雄宝殿"便是赞扬佛祖具足圆觉智慧，雄镇大千世界。"大观"之名，可与"大成""大雄"相类比，可知园名深思熟虑，绝非浅谈泛拟。

最后，补充一个小插曲："大成"的名字由宋徽宗赵佶钦定，徽宗在位期间（1101—1125）曾使用过许多年号，其中一个便是"大观"（1107—1110）。这是无意的巧合还是有意的设计，个中缘由，耐人寻味。

▶ 《祥龙石图卷》局部，宋徽宗赵佶

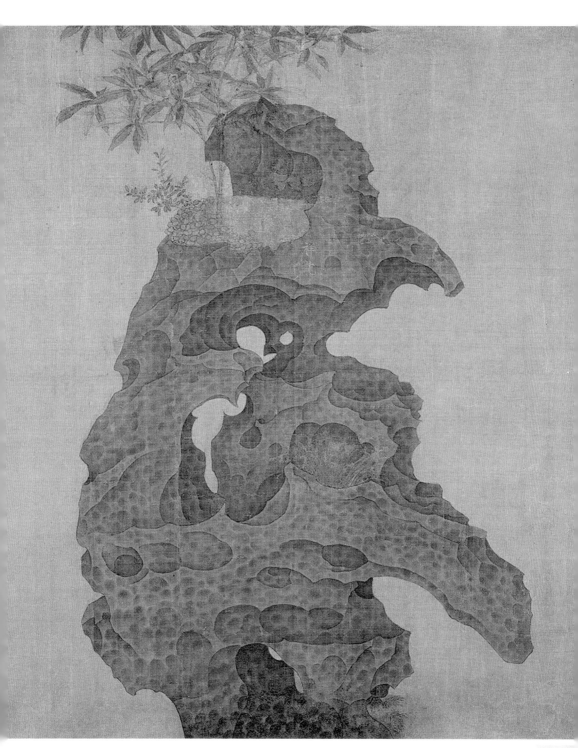

◯ 大观楼：琳宫绰约殿巍峨

桂殿巍峨

大观楼是大观园中的主体建筑，是为了"元妃省亲"而建造的标志性建筑，自然也是最开敞的场所、最宏伟的建筑。它是元妃更衣、燕坐、开宴、题诗的地方，同时也是大观园中唯一的楼群建筑。

关于大观楼，文中有两次集中描写和数次分散叙述。其中，第一次在"贾政游园"之时，走陆路，从侧面或后面而来，"青松拂檐，玉栏绕砌，金辉兽面，彩焕螭头。"第二次为"元妃省亲"之时，行水路，从正面进殿，最先看到牌坊，整个建筑群前面有水，后面有山，既有甬路相接，又有舟舆可通。崇阁巍峨，层楼高起，琳宫合抱，复道萦纡，一派繁华景象！真是："金门玉户神仙府，桂殿兰宫妃子家。"

▲ 玉石牌坊，清代孙温绘全本《红楼梦》局部

▲ 《仙山楼阁图》，南宋赵伯驹

"元妃省亲"时，贾赦、贾政及贾母、女眷等人排班行礼的月台，即嘉荫堂前的月台；而元妃"升座受礼"的地方，则是嘉荫堂。而且，嘉荫堂相对开阔，可容纳多人，是园中的"大地方"。

这里有一个细节，"又有太监引荣国太君及女眷等自东阶升月台上排班。"所谓的"东阶"是什么？

古典建筑一般建于台基之上，这与早期"台榭式"的高台建筑有密切关系。杨鸿勋说："所谓'高台建筑'，是以土结构为核心的土木混合结构，即四面依靠夯土墩台建屋，台顶上再建主体殿堂。"[1] 这种方式可以将许多较小的单体建筑聚合在一起，形成一组体量较大、形式较多、位置很高的群体建筑，非常适合宫殿建筑宏伟壮观的需求。因此，高台建筑从春秋、战国一直持续到秦汉时期，所谓"高台榭、美宫室，以鸣得意"。

---

1 杨鸿勋：《宫殿考古通论》，紫禁城出版社，2001年，第107页。

随着历史的发展、建筑材料的成熟以及建造工艺的提升，高台逐渐降低形成台基。台基，又称"基座"，是高出地面的建筑物底座，一般由台明、台阶、勾栏、月台四部分组成。其作用在于承托建筑物，并具有防潮、防腐的功能。同时，台基也可以增加建筑物的高度，调节建筑物的构图，使建筑显得更加宏伟、高大。

古典建筑的方位关系十分讲究，主位、次位、宾位等都有严格规定。于台阶而言，实行"东西阶"制度，即建筑前面的台阶分为并列的两座。由于建筑大多坐北朝南，所以前面的台阶，一个在左，称"东阶"，又叫"阼阶"；一个在右，称"西阶"，又叫"宾阶"。

《礼记·仲尼燕居》有云："行则有随，立则有序，古之义也。室而无奥阼，则乱于堂室也。"奥，指室之西南；阼，指堂之东阶。南宋陈澔《礼记集说》云："盖室之有奥，所以为尊者处；堂之有阼，所以为主人之位也。"可见，"东西阶"是礼的反映，是规矩也是制度。

因此，元妃升座受礼时，礼仪太监"引荣国太君及女眷等自东阶升月台上排班"。看似简单的一句话，背后也蕴含着深厚的礼仪。

▲ 月台，清院本《十二月令图轴·八月》局部

天仙宝境

虽然书中没有明确指出大观楼的位置，但作为园中的标志性建筑，"想来此殿在园之正中"。作为"元妃省亲"的核心建筑群，大观楼前面有一座"龙蟠螭护、玲珑凿就"的玉石牌坊，题作"天仙宝境"。只是，元妃见如此富丽、张扬，叹息奢华过费，忙命改为"省亲别墅"，低调而切题。

牌坊，也叫"牌楼"[1]，是封建社会为表彰功勋、科第、德政以及忠孝节义所立的建筑物，多建于宗庙祠堂、宫观寺庙、街市要冲或古迹名胜等处，具有宣扬礼教、表彰功德、标示位置等作用。虽然没有使用价值，却因标志性、表彰性和纪念性，而成为封建礼制的集中体现。一般而言，牌坊由二根、四根或六根等偶数根的竖向柱子，及柱间上部题有文字的横向匾额组成，有"一间二柱""三间四柱""五间六柱"等形式，其形成发展与古代"里坊制"密切相关。

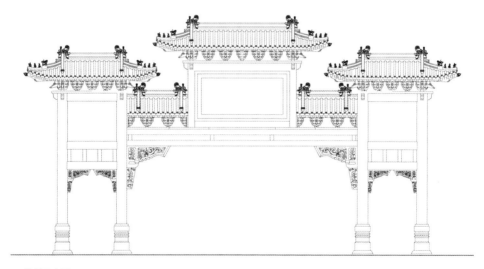

▲ 牌楼正立面

---

1 严格意义上讲，"牌楼"与"牌坊"是有差别的——有小屋顶的称为"牌楼"，没有小屋顶的则叫作"牌坊"。只是，一般没有必要刻意区分。

《礼记·坊记》云："君子之道，辟则坊与，坊民之所不足者也……故君子礼以坊德，刑以坊淫，命以坊欲。""坊"即"防"，用以防止逾规越矩。随着封建礼制的成熟，原来里、坊中作为地域标志的"里门"和"坊门"，逐渐演变为表彰和纪念的"牌坊"。树立牌坊也成为古代社会弘扬道德、宣传理想、教化民众的一种手段，最典型的莫过于贞节牌坊。

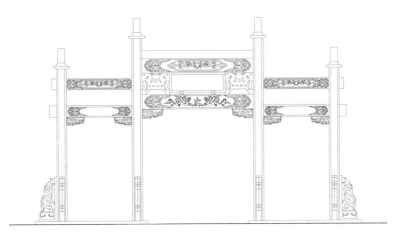

▲ 牌坊正立面

　　"省亲别墅"牌坊，一方面具有标识作用，另一方面也是精神象征。它是皇帝的恩赐，更是贾府的荣耀。牌坊雕刻得极为精美、华贵，以至于宝玉见了"心中忽有所动"，只是"一时想不起"。这不过是障眼法，其所见在"太虚幻境"：

　　（宝玉）竟随了仙姑，至一所在，有石牌横建，上书"太虚幻境"四个大字，两边一副对联，乃是："假作真时真亦假，无为有处有还无。"转过牌坊，便是一座宫门，上面横书四个大字，道是"孽海情天"。（第五回）

　　同样是牌坊，同样是宫门，二者何其相似，"天仙宝境"的题匾又是何等类似于"太虚幻境"。所以说，大观园是太虚幻境在人间的投影。太虚幻境是天上的清净女儿之地，大观园是地下的清静女儿之所。二者名虽有别，其理则一。

▲ 太虚幻境，清代孙温绘全本《红楼梦》局部

◎ 潇湘馆：夜雨潇湘竹里馆

有凤来仪

"独坐幽篁里，弹琴复长啸。深林人不知，明月来相照。"王维《竹里馆》以自然平淡的笔调，勾勒出清幽怡人的意境，深得竹居的妙趣。大观园中也有一处"竹居"——黛玉的潇湘馆。文中写道：

于是出亭过池，一山一石，一花一木，莫不着意观览。忽抬头看见前面一带粉垣，里面数楹修舍，有千百竿翠竹遮映。众人都道："好个所在！"于是大家进入，只见入门便是曲折游廊，阶下石子漫成甬路。上面小小两三间房舍，一明两暗，里面都是合着地步打就的床几椅案。从里间房内又得一小门，出去则是后院，有大株梨花兼着芭蕉。又有两间小小退步。后院墙下忽开一隙，得泉一派，开沟仅尺许，灌入墙内，绕阶缘屋至前院，盘旋竹下而出。（第十七回）

▲ 竹里馆，清代王原祁《辋川图卷》局部

爱竹，似乎是中国人的天性。无论是"何可一日无此君"的王徽之，还是"先得成竹于胸中"的文与可，抑或是"写取一枝清瘦竹"的郑板桥，都爱竹成痴、嗜竹如命。因此，见了这千百竿翠竹遮映的数楹修舍，众人都说："好个所在！"贾政也不禁笑道："若能月夜坐此窗下读书，不枉虚生一世。"问其匾额，宝玉道："这是第一处行幸之处，必须颂圣方可……莫若'有凤来仪'四字。"复题一联云："宝鼎茶闲烟尚绿，幽窗棋罢指犹凉。"

　　有凤来仪，典出《尚书·益稷》："箫韶九成，凤凰来仪。"凤凰是传说中的神鸟，又称"百鸟之王"，其羽毛五色、声如箫乐，常象征瑞应，也多比喻后妃。有凤来仪，即有凤凰来此栖息，含赞扬之意，为歌颂之语。

　　而其"宝鼎茶闲烟尚绿，幽窗棋罢指犹凉"之联，从琐事细节上体察物性事理——翠竹掩映，茶虽已煮罢，尚且怀疑周围有绿烟环绕；浓荫生凉，棋虽已下完，仍然觉得指尖有凉意停留。句句不提竹，却又处处不离竹，颇得闲情逸致之趣和格物致知之妙，只"尚绿""犹凉"四字，"不必说竹，便如置身于森森万竿之中。"

潇湘夜雨

　　"夫鹓雏发于南海，而飞于北海，非梧桐不止，非练实不食，非醴泉不饮。"凤凰以竹子的果实为食，此处多竹，正可引凤。所引之"凤"，除了省亲的元春外，还有居住的黛玉。"有凤来仪"一语，既歌颂了元妃，又赞扬了颦儿，妙在双关暗合。后来，元妃赐名为"潇湘馆"。

▲ 潇湘馆，清代孙温绘全本《红楼梦》局部

　　"潇湘"一语，内涵极为丰富。而"潇湘馆"所用之典，出自"潇湘竹"。据张华《博物志·史补》云："舜崩，二妃啼，以涕挥竹，竹尽斑。"因此，表面有紫褐色斑点的竹子，即"斑竹"，又称"潇湘竹、湘妃竹"，或叫"泪竹"。

　　竹，是文人的情致。东坡先生云："宁可食无肉，不可居无竹。无肉令人瘦，无竹令人俗。"文人雅士，自然是不愿流俗的。因此，《红楼梦》中最具文人气质的林妹妹，便选了翠竹遮映的潇湘馆，因其"爱那几竿竹子隐着一道曲栏，比别处更觉幽静"。

然而，竹也是文人的悲凉。杜甫说："天寒翠袖薄，日暮倚修竹。"竹子似乎是属于春夏的——春季，雨后新笋层出不穷，焕发勃勃生机；夏季，茂林修竹遮天蔽日，倾洒浓浓绿意。只是，每逢秋冬之际，万物肃杀，竹子的翠绿也多了几分寒意。倘或秋雨沥沥，则又更添萧索，倍感凄清。于是，某个秋夜，黛玉独坐窗边，听见窗外雨声渐沥，清寒透幕，不觉心有所感，滴下泪来，遂成《代别离·秋窗风雨夕》：

> 秋花惨淡秋草黄，耿耿秋灯秋夜长。
> 已觉秋窗秋不尽，那堪风雨助凄凉！
> ……
> 寒烟小院转萧条，疏竹虚窗时滴沥。
> 不知风雨几时休，已教泪洒纱窗湿。

　　其实，让黛玉心生感慨的，除了雨滴竹叶之外，还有后院的"大株梨花兼着芭蕉"。梨花和芭蕉，同样与"雨"有着不解之缘。无论是"梨花一枝春带雨"，还是"雨打梨花深闭门"，雨中的梨花总有一分孤寂。同样，无论是"雨打芭蕉叶带愁"，还是"芭蕉衬雨秋声动"，雨中的芭蕉总有一种愁绪。所以，在"雨打梨花"和"芭蕉衬雨"的情景之下，敏感细腻的黛玉，自然容易引发羁旅之思和客居之叹。

　　回望潇湘馆，在翠竹、芭蕉、梨花等环境中，前院有"一明两暗，小小两三间房舍"，后院又有"两间小小退步"。之所以反复强调房屋、退步之"小"，是为了突显黛玉寄居的身份——它不是物质上的小，而是精神上的小。作为第一处行幸之处，怎么可能是真的"小"呢？只是，黛玉寄人篱下，无以言"大"罢了！

　　这一点，"潇湘馆"的名字也是例证："馆"本义是接待宾客的房屋，这符合黛玉寄居的身份。古时学堂、私塾、书房也多称"馆"，这符合黛玉博学的才情。

　　黛玉是纤细的，她没有苏轼"此心安处是吾乡"的豁达，也没有湘云"英豪阔大宽宏量"的气度，她眼中的一切都是"小小的"。然而，也唯有如此，方显深邃——求外之不得，故求之于内，乃有诗人的灵性、骚人的风致，才有《葬花吟》的生命叩问和《桃花行》的时光感慨。

▲ 黛玉葬花，清代费丹旭《十二金钗图》册

凌波仙子

潇湘馆外，是清晰的，潇湘馆内，则是模糊的，只在必要的时候带到一笔，就像对黛玉服饰描写的稀缺一样。也许是因为，颦儿不在意这些外在的表象，更关注内在的情感吧。

结合书中的只言片语来综合判断，可知潇湘馆"一明两暗"的三间正房中，明间是堂屋，左侧是书房，右侧是卧室。堂屋中有日常起居的椅子，冬天的时候还有取暖的熏炉。书房中有月洞窗，窗外是森森绿竹，偶尔挂着鹦鹉。窗内则糊着绿纱[1]，窗下设有一案、一椅，案上放着笔墨纸砚等文房工具。桌案一侧设着琴几，放着古琴；一侧则是书架，摆满书籍。卧室中又分出暖阁，暖阁中有玉石条盆，盆中栽着水仙，点着宣石。

▲ 水仙花，清代缂丝乾隆御制诗花卉册

▲ 《水仙灵石图》，明代陈洪绶

---

1 潇湘馆中原糊着绿纱，后因贾母见窗上纱的颜色旧了，与竹子不配，遂让换为远远看着似烟雾一样的"软烟罗"，且特意嘱咐要用其中又称"霞影纱"的银红色纱帐。贾母此举，是以暖色来增添潇湘馆的生气，对黛玉关怀备至。

水仙，芬芳清新，素洁幽雅，因黄庭坚"凌波仙子生尘袜，水上盈盈步微月"之诗，雅称"凌波仙子"。晶莹剔透的玉石盆中，点着雪白的宣石，又栽着"外白中黄，香美如仙，茎干虚通如葱"的水仙，愈发显得清冷洁净，卓尔不群。这的确符合黛玉的气质与精神，只是失之孤寂，清雅有余而生机不足。

传说娥皇、女英殉情于湘江之后，魂魄化为江边水仙，二人也成为司十二月的"水仙花神"。有诗云："金盏银台碧玉茎，白云魂魄水仙名。灵根原在潇湘侧，梦逐苍梧月色清。"如此，又回溯到"潇湘"的典故之上，不得不赞叹曹公的生花妙笔！

或许，只有水仙配得上黛玉，也只有黛玉配得上潇湘馆。因此，在众人感慨翠竹遮映的潇湘馆"好个所在"时，批语会附注一笔："此方可为颦儿之居。"而且，自黛玉入住潇湘馆以来，竹子与黛玉便成了"命运共同体"——两者一荣俱荣，一损俱损。当黛玉安稳，竹子便"凤尾森森，龙吟细细"；当黛玉泪尽，竹子便"落叶萧萧，寒烟漠漠"。

探春曾说："如今她住的是潇湘馆，她又爱哭，将来她想林姐夫，那些竹子也是要变成斑竹的。以后都叫她作'潇湘妃子'就完了。"大家拍手叫妙。此话虽为戏言，却更像谶语，似乎预示了黛玉"泪尽而逝"的命运。

潇湘馆，谐音"消香馆"。可堪孤馆闭春寒，红消香断有谁怜？

可叹停机德，
堪怜咏絮才。
玉带林中挂，
金簪雪里埋。

◀ 林黛玉及其判词，《金陵十二钗正册》

◯ 蘅芜苑：蘅芜满苑萝薜芳

香草美人

"扈江离与辟芷兮，纫秋兰以为佩"，"畦留夷与揭车兮，杂杜衡与芳芷"……自屈原发展了《诗经》的"比兴"手法以来，"香草"便成为君子的代称。大观园中有一处以"香草"为主题的院落，那就是宝钗的蘅芜苑。

贾政等人游园时，从山上盘道攀藤抚树而去，只见：

> 便见一所清凉瓦舍，一色水磨砖墙，清瓦花堵。那大主山所分之脉，皆穿墙而过。
>
> 贾政道："此处这所房子，无味的很。"因而步入门时，忽迎面突出插天的大玲珑山石来，四面群绕各式石块，竟把里面所有房屋悉皆遮住，而且一株花木也无。只见许多异草：或有牵藤的，或有引蔓的，或垂山巅，或穿石隙，甚至垂檐绕柱，萦砌盘阶，或如翠带飘飘，或如金绳盘屈，或实若丹砂，或花如金桂，味芬气馥，非花香之可比。贾政不禁笑道："有趣！只是不大认识"（第十七回）

此处房舍，外表质朴而内有乾坤。贾政见其外，则叹"无味"；入其内，则赞"有趣"。因"只见许多异草"，且"一株花木也无"，故宝玉题为"蘅芷清芬"，并题一联曰："吟成豆蔻诗犹艳，睡足荼蘼梦亦香。"

蘅指"杜衡"，芷，指"白芷"，皆为香草之名，比喻美德或高尚的志向。院中的诸多异草，大多是曹雪芹从《离骚》《楚辞》《文选》等诗、赋、文中或借用或杜撰而来，因可统归为"香草"类，故以"蘅芷"总称。清芬，清香而芬芳，同样比喻高洁的德行。

元妃赐名为"蘅芜苑"。蘅芜，即杜衡、蘼芜，同样代指香草。因香草喻君子，而宝钗"罕言寡语，人谓藏愚；安分随时，自云守拙"，颇有君子之风，故得此院而居，且雅号"蘅芜君"。可谓：香草美人，相得益彰。

薛姨妈曾说："宝丫头古怪呢，她从来不爱这些花儿粉儿的。"对照蘅芜苑，可知此言不谬。只是，不知宝钗服用由"春天开的白牡丹、夏天开的白荷花、秋天开的白芙蓉、冬天开的白梅花"这些花蕊制成的"冷香丸"时，是什么感受？

◀ 杜衡，清代门应兆《离骚图》册

山中高士

蘅芜苑以"香草"为主题，以"山石"为主体。"迎面突出插天的大玲珑山石来，四面群绕各式石块，竟把里面所有房屋悉皆遮住。"两边俱是抄手游廊，便顺着游廊步入。只见上面五间清厦连着卷棚，四面出廊，绿窗油壁，更比前几处清雅不同。

蘅芜苑的抄手游廊，很可能属于"爬山廊"的类型——即沿山坡而建，旨在连接高处与低处两组建筑景观的廊子。

▼ 蘅芜苑，清代孙温绘全本《红楼梦》局部

爬山廊依山就势、上下起伏，走在廊中，始终处于高低的地势变化和明暗的光线变化中，妙趣盎然，独具特色。常见的爬山廊有"叠落式爬山廊"和"斜坡式爬山廊"两种——前者由若干间游廊像阶梯般排列建造，每间游廊都是水平的；后者则是沿斜坡地面连续建造，每间游廊都是倾斜的。爬山廊是园林中最富变化的游廊建筑，可以增长游览线路、增加游览层次、丰富游玩动感，且有依墙的"实廊"与离墙的"空廊"之分。

与爬山廊类似的，还有"云梯"。贾母一行人引着刘姥姥在园中清逛，"见岸上的清厦旷朗，忙命拢岸，顺着云步石梯上去，一同进了蘅芜苑。"

云步石梯，又称"云梯"，是以山石拨成的室外楼梯，既可节约室内建筑面积，又可成自然山石之景。董豫赣归结为"山梯式"，称其"不但聚集了山梯与洞壑等多重意象，还外挂了两条可望而不可互穿的之折山梯……是苏州园林出现最为频繁的标准样式，且因不同位置，每每相异，各得不同的山林意象"[1]。

蘅芜苑藏在假山之中，恰如宝钗的性格。迎面而来，所有的"外"都是一体，所有的"里"都被遮住。就像很难知道蘅芜苑中究竟有什么一样，也很难知道宝钗心中究竟想什么。虽然宝钗是"不干己事不张口，一问摇头三不知"，如同苑中的石头。但不要忽略了，这些山石并不普通，而是"玲珑山石"—— 精巧细致又灵巧敏捷。

因此，宝钗这位"山中高士"依然是充满灵性的，依然是天真烂漫的年纪，依然有无邪少女的情态。她也会扑蝶、也会簪花，也会吟诗、也会作画。正如贾政评价蘅芜苑那样，宝钗也是初见"无味"，细品"有趣"。

◀ 宝钗扑蝶，清代费丹旭《十二金钗图》册

---

1 董豫赣《山居九式》，《新美术》2013 年第 8 期。

雪里金簪

蘅芜苑的室内装饰，也与别处不同——"雪洞一般，一色玩器全无"。只有一床、一案、一瓶，并床上青纱帐、案上两部书、瓶中数枝菊和茶奁、茶杯而已，显得朴素、冷清而且空洞。作为居室，丝毫没有温馨之感，于是贾母连用"使不得""看着不像""忌讳"等语表示不满。

宝钗出身于皇商之家，这样清贫的装饰，自然是有意为之。通常认为宝钗是典型的大家闺秀，奉行"女子无才便是德"的标准。对她来说，男子要"修身齐家治国平天下"，切不可"玩物丧志"。自然，她也是如此。所以，超出实用价值之外的"玩器"，在她房中肯定荡然无存。仅有的装饰器物，也需不事雕琢，简单质朴，一如"土定瓶"。

土定瓶是宋代定窑（在今河北曲阳）烧制的一种瓶子，胎体厚重，质地较粗。定窑有粗细两种，细的为"粉定"，粗的为"土定"，前者是富家追逐的珍品，后者是平民把玩的对象。宝钗选择"土定瓶"，或许看中的正是它质朴、古拙的特点。

这也延续了蘅芜苑的外在风格——"清厦卷棚，绿窗油壁，水磨砖墙，清瓦花堵"，虽然看起来质朴，但是低调的奢华，非大富大贵之家不能为之。也许真正的富贵，高级的审美，不在表面，而在内心，宝钗大抵如此——唇不点而红，眉不画而翠，虽是"金簪雪里埋"，但富贵气质与生俱来。

贾母认为"不要很离了格儿"，便亲自收拾，也只拿了三样摆设——石头盆景、架纱桌屏和墨烟冻石鼎。石头盆景，是用片石构建的盆景，此处以小见大，可谓"咫尺山林"，是蘅芜苑中自然山石在室内的延续。桌屏是摆在桌上作为装饰的小屏风，其架子一般用名贵木料（如紫檀）制成。中间为屏心，正面大多采用木雕、石雕、玉雕等镶嵌而成，背面的纱上则绘有图案，摆在案上端庄又大方。冻石又称"蜡石"，是一种可作印章和工艺品的石料。其质地细密滑润，透明如冻。墨烟者，指其颜色黑白相间，浓淡交织，如墨如烟，是石之精品。墨烟冻石鼎，即是用墨烟冻石雕刻的鼎形饰品，淡雅而庄重。此三者，既符合蘅芜苑的风格，又契合薛宝钗的身份，果然是"又大方又素净"，贾母真是精于此技者。

蘅芜梦冷

子曰："仁者乐山，智者乐水。知者动，仁者静；知者乐，仁者寿。"与潇湘馆中多水不同，蘅芜苑中多山。水是蜿蜒、灵动的，恰如黛玉，是"智"者，看透人间世事。山是厚重、端庄的，恰如宝钗，是"仁"者，善待尘世亲朋。不同的是，黛玉之"智"或是先天的，而宝钗之"仁"多是后天的。

这种"建筑性格"与"主人性格"相融合的特性，是《红楼梦》园林艺术的典型特征。它不仅是表面的相似，更是精神的契合。大观园"园中有院、院中有园"，每个院落、每处园林都有鲜明而典型的个性，即使有所交叉，也绝对各不相同。

▲ 石头盆景

比如，黛玉和宝钗的性格中，都有"冷"的特点，但"林黛玉的冷是目下无尘、不入世俗的冷，而薛宝钗的冷则是洞察世事、明哲保身的冷。这反映在她们居住的园林上，林黛玉的潇湘馆是幽竹万竿的荫凉，而薛宝钗的蘅芜苑则是雪洞一般的清冷。一个是诗意盎然，一个是孤寂萧杀，园林与人在精神层面上是如此地一致，可以说大观园的园林艺术达到了人园合一的境界"[1]。

再比如，黛玉和宝钗都是"水做的骨肉"，但黛玉更多是"液态的水"，是溪水、是雨水、是泪水；宝钗则是"固态的水"，是冰、是雪、是霜。

---

1 赵武征：《人园合一，浑然天成——小议＜红楼梦＞大观园的园林艺术》，《古建园林技术》2006 年第 4 期。

▲ 金兰契互剖金兰语，清代孙温绘全本《红楼梦》局部

　　"蘅芜满净苑，萝薜助芬芳。"蘅芜苑中的
植物主要是藤萝、薜荔、杜衡和蘼芜。杜衡、蘼
芜是香草，藤萝、薜荔是蔓生攀援植物。攀援植
物的特点是缠绕或依附他物（如山石、树木等）
蟠曲绵亘而上。古诗中多将之比作依赖男性而上
升的女子。朱淡文认为曹雪芹以此暗喻宝钗，想
突出的就是她"性格稳重和平，坚忍不拔，意图
通过婚姻劝导夫君'立身扬名'以实现自己'好
风凭借力，送我上青云'的欲望"[1]。

▶ 蘼芜，清代门应兆《离骚图》册

1 朱淡文：《薛宝钗形象探源》，《红楼梦学刊》1997 年第 3 期。

虽然杜衡、蘼芜常象征君子，但也不能忽略"蘼芜"是弃妇的代表。古乐府《上山采蘼芜》中"上山采蘼芜，下山逢故夫"之语和唐代鱼玄机《闺怨》中"蘼芜盈手泣斜晖，闻道邻家夫婿归"之句，都是例证。

"蘅芜苑"谐音"恨无缘"，宝玉是"空对着，山中高士晶莹雪；终不忘，世外仙姝寂寞林"。想来，宝钗的结局，也不会太好——纵然是齐眉举案，到底意难平。

蘅芜苑的瓶中供着菊花，薛宝钗的诗中念着菊花。其《忆菊》诗云：

> 怅望西风抱闷思，蓼红苇白断肠时。
> 空篱旧圃秋无迹，瘦月清霜梦有知。
> 念念心随归雁远，寥寥坐听晚砧痴。
> 谁怜我为黄花病，慰语重阳会有期。

表面上，是对菊花的思念和牵挂，可实际上，又是对谁的记挂与怀念呢？有人说，这些都暗示着宝钗最终也是"弃妇"的结局。或许吧！就如纳兰性德《沁园春》词云："梦冷蘅芜，却望姗姗，是耶非耶？"

蘅芜梦冷，是耶？非耶？

▲ 菊花扇面，清代恽寿平

◯ 怡红院：绿玉红香花似锦

绛洞花王

如果说潇湘馆的特色是"水与竹"，蘅芜苑的特色是"山与草"，那么怡红院的特色便是"院与花"。院外是大片碧桃花林，院墙是竹篱花障，前院是绿柳周垂、玫瑰花丛，院内是一株西府海棠、数本芭蕉，后院则满架蔷薇、宝相，至于月季花、金银藤等花草，不可胜计。所以宝玉号"绛洞花王"，一生爱花、护花、惜花。

诸多花木中，最重要者是院内的"蕉棠两植"。因芭蕉叶是"绿"的，海棠花是"红"的，故宝玉题作"红香绿玉"，使蕉有着落、棠有根据，两全其妙。一客题"蕉鹤"侧重于芭蕉，一客题"崇光泛彩"偏向于海棠，前者脱胎于绘画，后者取意于诗篇。但此二题或有蕉无棠，或有棠无蕉，故宝玉叹道，"妙极""只是可惜了"。

◀《雪蕉双鹤图》，清代袁耀

大概是觉得"红香绿玉"太过于香艳，元春改题"怡红快绿"，即名曰"怡红院"，又令宝玉赋诗。诗云："深庭长日静，两两出婵娟。绿蜡春犹卷，红妆夜未眠。凭栏垂绛袖，倚石护青烟。对立东风里，主人应解怜。"此诗两两相对，工恰自然。先双起双敲，点出芭蕉、海棠，再摹写海棠之情、芭蕉之神，最后双承双落，归到庭院主人，符合宝玉"有蕉无棠不可，有棠无蕉更不可"的论断。全诗用词考究、用典精妙，且融情于景、借景生情，借花木写人，暗示着此后怡红院中的生活。脂批赞叹道："此首可谓诗题两称，极工、极切、极流利妩媚。"纵观全诗，亦可知宝玉真乃"护花主人"也。

怡红快绿

其实，诗中还有一个小插曲。彼时，宝钗因见宝玉诗中有"绿玉春犹卷"之句，趁众人不理论，急忙回身悄推他道："她因不喜'红香绿玉'四字，改了'怡红快绿'；你这会子偏用'绿玉'二字，岂不是有意和她争驰了？……你只把'绿玉'的'玉'字改作'蜡'字就是了。"

元春为什么不喜欢"红香绿玉"四字呢？

因为这四个字关乎一个重要的人物——林黛玉。俗话说"青山如黛"，"红香绿玉"中的"绿玉"首先便可比拟作"黛玉"。其次，"绿玉"不仅是芭蕉的代称，也是竹子的别名，白居易有"篱菊黄金合，窗筠绿玉稠"之句。如此，"绿玉"便与潇

▲ 怡红院，清代孙温绘全本《红楼梦》局部

湘馆中的竹子相应。最后，"红香绿玉"中除了"红、绿"两色，便剩下"香、玉"二字，而"香玉"恰恰又指代黛玉，宝玉曾说："我说你们没见世面，只认得这果子是香芋，却不知盐课林老爷的小姐，才是真正的香玉呢。"所以，"红香绿玉"除了暗合怡红院中蕉、棠两植外，与黛玉也密切相关。

　　关乎黛玉，自然就关乎宝玉，相应地也关乎宝钗。于是，便涉及《红楼梦》中极为关键的命题——"金玉良缘"与"木石前盟"。种种迹象表明，王夫人更支持宝玉和宝钗"二宝"联姻的"金玉良缘"，而贾母更喜欢宝玉与黛玉"二玉"结合的"木石前盟"。

▲ 情切切良宵花解语，清代孙温绘全本《红楼梦》局部

元春与宝玉自幼同随贾母，刻未相离，在宝玉未入学堂之时，便手引口传，教授了几本书、数千字在腹内。元春对宝玉怜爱有加，"其名分虽系姊弟，其情状有如母子。"自然，宝玉的婚事，是重中之重，要慎之又慎。一来，元春深知母亲喜欢宝钗，祖母喜欢黛玉，她必须在母亲和祖母之间做好平衡；二来，宝钗与黛玉都出类拔萃，与众不同，她很难在宝钗和黛玉中进行取舍。

在早期省亲时，元春对二人的赏赐是一样的——"宝钗、黛玉诸姊妹等，每人新书一部，宝砚一方，新样格式金银锞二对。宝玉亦同此。"但在后期的端午赐礼中，逐渐显现出差异——袭人道："你（指贾宝玉）的同宝姑娘的一样。林姑娘同二姑娘、三姑娘、四姑娘只单有扇子同数珠儿，别人都没了。"此时，元春已经开始倾向于宝钗，有意试探贾母的态度了。

再说"怡红快绿"，除了保留芭蕉、海棠的含义之外，还利用了使动用法——使"红"怡然、使"绿"快乐，突出宝玉是使芭蕉和海棠快乐的主体。显然，"红、绿"除芭蕉、海棠之外另有所指——以花喻人，指代宝二爷愿意使之快乐的清净女儿。至于具体所指，或许如周汝昌所言："绿蕉喻黛玉……红棠喻湘云"[1]，或许如喻美灵所说："海棠是黛玉的象征，芭蕉是宝钗的象征"[2]，又或许指代所有的女儿。因为，在宝玉眼中，每一个女儿都值得被怜爱。

▲ 西府海棠，清代钱维城

---

1 周汝昌《红楼艺术》，人民文学出版社，2016 年，第 81 页。
2 喻美灵《红是相思绿是愁——从怡红院中的芭蕉和海棠看贾宝玉的婚恋》，参见《湖南科技学院学报》，2008 年第 7 期。

流动空间

宝玉与别人不同，怡红院也与别处不同——竟分不出间隔来，四面皆是雕空玲珑木板：

> 或"流云百蝠"，或"岁寒三友"，或山水人物，或翎毛花卉，或集锦，或博古，或万福万寿。各种花样，皆是名手雕镂，五彩销金嵌宝的。一槅一槅，或有贮书处，或有设鼎处，或安置笔砚处，或供花设瓶、安放盆景处。其槅各式各样，或天圆地方，或葵花蕉叶，或连环半璧。真是花团锦簇，剔透玲珑。（第十七回）

"分不出"间隔，并非不分间隔。怡红院室内不是通过墙壁划分，而是采用隔断划分，以至于难以分出具体的间隔与边界。隔断属于"小木作"，主要起装饰作用，与梁柱这类起结构作用的"大木作"相比，在用材、做工、雕刻、花饰等方面，有更高的灵活性和艺术性。隔断作为一种空间处理方法，既能起到分隔空间的作用，又能起到连接空间的作用，可以使空间在分隔中连续，在连续中分隔。"隔"是分隔，"断"是断裂，"隔断"则是隔而不断——虚实相间，奇正相生，显得巧妙而有趣。

古典建筑中，室内隔断主要有三种类型——隔扇、花罩和博古架。怡红院内的隔断虽然种类繁多、各式各样，却也涵在其中。其核心作用，在于模糊空间的界限——使不同的空间互相穿插、相互融合，形成一种连续空间的奇妙体验。曹雪芹不遗余力地渲染怡红院内的隔断，一来是为了体现贾宝玉居所的奢华富贵，二来也体现了古典建筑装修技艺的成就，再者也体现了作者丰富的想象力与创造力。

古典园林中，这种模糊空间界限、交融空间特质的手法为"借景"，包括远借、邻借、仰借、俯借和应时而借。其中，远、邻、仰、俯之借，属于"空间关系"——或高或低、或远或近，是一种静态的借景手法；而应时而借，属于"时间关系"——或晴或雨、或花或叶，是一种动态的借景手法。若借景巧妙，既可赏烟水之悠悠，收云山之耸翠，又能看梵宇之凌空，赏平林之漠漠。

▲ 怡红院室内，清代孙温绘全本《红楼梦》局部

富贵闲人

　　周汝昌说："一部《红楼》，一个大圈里套着小圈：最外层是京城……京城圈内，套着一个'区'，区内有条'宁荣街'，街内有座荣国府（毗连着宁国府）。此府的圈内，套着一个大花园，题名'大观'。大观园内，又套着一处轩馆，通称'怡红院'。这个院，方是雪芹设置的全部'机体'的核心。"[1]

　　这个院的院外有竹篱花障，花障上有月洞门；有水池，水池上架有白石板桥。院内有芭蕉、海棠，还有山石、松树、仙鹤等。回廊上，吊着各色笼子，各色仙禽异鸟。后房门是一幅画，挂着葱绿撒花软帘。进入屋内，金碧辉煌，文章烂灼，锦笼纱罩，金彩珠光。只见四面墙壁玲珑剔透，琴、剑、瓶、炉皆贴在墙上，当中是紫檀板壁嵌着穿衣镜。又有一道碧纱橱，一张小小填漆床上，悬着大红销金撒花帐子。此外，还有厢房、暖阁、木炕、屏风以及自鸣钟、西洋船等。

---

1 周汝昌：《周汝昌点评红楼梦》，团结出版社，2004年，第280页。

宝玉是"富贵闲人"，作为《红楼梦》的核心，怡红院自然要重重渲染、层层铺垫。这里花团锦簇，剔透玲珑，尽显富贵气象和闲人情致，最是"花柳繁华地，温柔富贵乡"。想得到和想不到的珍奇异宝，无论是西洋的机括，还是东方的匠心，都能在此窥见一斑。因此，也充满了香艳绮靡之风、骄奢淫逸之气，颇有玩物丧志之感。

　　只是，唯有如此，才能够"好"到极致，才明白"了"的彻悟。"世上万般，好便是了，了便是好。若不了，便不好；若要好，须是了。"对宝玉而言，当其"居绮罗锦绣，享安富尊荣"的繁华之时，又怎会想到有"寒冬噎酸齑，雪夜围破毡"的落魄之日？由繁华之极，到落魄之至，只有二者极致对比，方见"好了"的本意。

　　此时的宝玉，早已看破红尘，宁不悲乎！

▲ 刘姥姥醉卧怡红院，清代孙温绘全本《红楼梦》局部

◇ 稻香村：竹篱茅舍杏花繁

杏帘在望

　　稻香村或许是大观园中最朴素的地方。这是一处山庄，茅堂之中，纸窗木榻，一洗富贵气象——围墙由最原始的黄泥筑成，墙头也只用稻茎掩护，青篱更是随地形之曲折，由各色树稚新条编就。篱笆外有土井，井上有桔槔、辘轳，下面分畦列亩，佳蔬菜花。周边是桑、榆、槿、柘等树，仅有的数间房舍，皆是茅屋。与其他院落不同，这里没有匾额，只有石碣。有一个酒幌，用竹竿挑在树梢，院内养着鸡、鸭、鹅之类的家禽，以增添郊野气色。

　　唯一让人惊奇的，是"如喷火蒸霞一般"的几百株杏花。宝玉道："旧诗有云：'红杏梢头挂酒旗'。如今莫若'杏帘在望'四字 。""又有古人诗云：'柴门临水稻花香'，何不就用'稻香村'的妙？"并题了一副对联："新涨绿添浣葛处，好云香护采芹人"。

▼ 稻香村，清代孙温绘全本《红楼梦》局部

元妃省亲时，题为"浣葛山庄"。"浣葛"典出《诗经》："言告师氏，言告言归。薄污我私，薄浣我衣。害浣害否？归宁父母。"朱熹认为这是颂扬后妃之德，"盖后妃既成缔绤而赋其事"。方玉润认为只是吟咏女子归宁之事，"此亦采自民间，与《关雎》同为房中乐，前咏初昏，此赋归宁耳"。总之，无论是否颂圣，都契合元春归省。

后宝玉奉命为几处主要院落赋诗，这首《杏帘在望》为"前三首之冠"。此诗为黛玉代笔，云："杏帘招客饮，在望有山庄。菱荇鹅儿水，桑榆燕子梁。一畦春韭绿，十里稻花香。盛世无饥馁，何须耕织忙。"首联拆题而分咏，浑然天成。中间对仗工整，描写山庄的景色和丰收的景象。颔联仿"鸡声茅店月，人迹板桥霜"笔意，颈联有"三秋桂子，十里荷花"气象。至尾联"以幻入幻，顺水推舟"，归于盛世太平。全诗笔笔浅近，又处处精巧，自然纤巧而不生硬，十分符合"应制诗"的要求，深受元妃喜爱，于是复改回"稻香村"。

据《群芳谱》载："（杏花）二月开，未开色纯红，开时色白微带红，至落则纯白矣。"一花而有三色，极具观赏价值。更妙的是，随着杏花颜色的改变，文化内涵也不断变化——从初开时的"红杏枝头春意闹"，到盛开时的"粉薄红轻掩敛羞"，再到将谢时的"皓若春雪团枝繁"，不一而足。

古时"花中三十客"雅称杏花为"艳客"，诗云"春色满园关不住，一枝红杏出墙来"，代表春意盎然、春光无限。稻香村"喷火蒸霞"的杏花，即是凸显热闹、繁盛的氛围。此外，诗中常赞杏花娇美，以喻美人，《红楼梦》中即有丫环名"娇杏"。

▶ 杏花，清朝董诰二十四番花信风图册

圆明园四十景中，有一处院落名为"杏花春馆"，乾隆皇帝在诗序中说："由山亭迤逦而入，矮屋疏篱，东西参错。环植文杏，春深花发，烂然如霞。前辟小圃，杂莳蔬蓏，识野田村落景象。"杏花、菜圃、果蔬，与稻香村的环境十分相似。

▲ 杏花春馆，清代沈源、唐岱《圆明园四十景图咏》册

竹篱茅舍

　　古典园林追求"天人合一"的境界，讲究人与自然的和谐统一。所谓"天然"，强调天之自然而有，非人力之所成，不可非其地而强为其地，非其山而强为其山。稻香村似乎是个例外。它虽处于山怀中，但其田园风情却与周围并不和谐，甚至有些格格不入。宝玉称："远无邻村，近不负郭，背山山无脉，临水水无源，高无隐寺之塔，下无通市之桥，峭然孤出，似非大观。"

　　既然如此，曹雪芹为什么"知其不可而为之"呢？

　　或许，脂批可以稍作解答。在贾政说："倒是此处有些道理。固然系人力穿凿，此时一见，未免勾引起我归农之意"之处，有批云："极热中偏以冷笔点之，所以为妙。"书中每每于热闹处，总要泼些冷水，昭示着"盛极必衰"的道理，也预示着贾府"树倒猢狲散"的结局。

▲ 稻香村，清代孙温绘全本《红楼梦》局部

只有清幽气象、没有富丽景致的"稻香村"，只能博得青春丧偶的李纨的欣赏，而不会得到风华正茂的少女的青睐。李纨似乎与世无争，她欣然于稻香村恬淡的生活，并自号"稻香老农"，只知侍亲养子、针黹诵读。

群芳夜宴时，她掣的花签上是一枝老梅，写着"霜晓寒姿"，注云："自饮一杯，下家掷骰。"与其他人"同庚、同辰，共饮、共贺"的热闹不同，李纨不与任何人相干，只是简简单单自饮一杯。这样的情景，似乎是她乐意见并习惯见的，虽然好像处处都有她，却又似乎处处都没有她——有的只是她的身影，没有的是她的行为。

正如李纨所说："你们掷去吧，我只自吃一杯，不问你们的废兴。"她要做的，是偏安一隅，是小隐于野，是"竹篱茅舍自甘心"。

只是，不知"如槁木死灰一般"的李纨，看到"如喷火蒸霞一般"的杏花，是否还会怦然心动？也许，李纨眼中的杏花，不是生机盎然，而是寂寞空庭。就像元好问的词："一生心事杏花诗。小桥春寂寞，风雨鬓成丝。"于李纨而言，竹篱茅舍、杏花微雨的稻香村，只是"一树杏花春寂寞"罢了。

桃李春风结子完，
到头谁似一盆兰。
如冰水好空相妒，
枉与他人作笑谈。

▶ 李纨及其判词，《金陵十二钗正册》

◯ 紫菱洲：紫菱如锦入水流

紫菱幽梦

　　"关关雎鸠，在河之洲。"洲，指水中的陆地，一般由沙石、泥土淤积而成。贾迎春的住处紫菱洲，即指长满菱花的水中陆地。菱，一年生水生草本植物；水上叶菱形，花白色；果实有硬壳，两角或四角，俗称"菱角"。菱在园林中多有种植，在文学中也多有吟诵，常称"紫菱"。白居易履道里宅园中便广植菱花，"灵鹤怪石，紫菱白莲。皆吾所好，尽在吾前。"孟郊也有"池中春蒲叶如带，紫菱成角莲子大"的诗句。

　　紫菱洲离蓼汀一带不远，岸边有蓼花、苇叶，池内有翠荇、香菱。花开之际，红色的蓼花、紫色的芦花、黄色的荇花、白色的菱花，逞妍斗色，倘若微风拂过，再摇曳起舞，更是美不胜收。

　　可是，这种美好的场景只属于盛夏。无论是蓼花、苇叶，还是翠荇、香菱，都给人一种漂泊不定、身不由己的无力感。当秋天来临，万物肃杀，它们便显得摇摇落落，增加了无尽的离愁别绪。这万般美好，也成了一池碎萍。

▼ 刘姥姥初游紫菱洲，清代孙温绘全本《红楼梦》局部

海棠诗社时，宝钗说："她（贾迎春）住的是紫菱洲，就叫她'菱洲'。"入住大观园时，说的是"贾迎春住了缀锦楼"。这两段看似矛盾的描写，其实正说明了二者的关系："紫菱洲"是景区名，"缀锦楼"是院落名。

书中关于"缀锦楼"的描述几乎没有，却与不少关于"缀锦阁"的描写。虽然"楼、阁"经常并称，但"缀锦楼"与"缀锦阁"并不是同一个建筑。"缀锦楼"在紫菱洲内，"缀锦阁"则是大观楼东侧的飞楼。

李氏站在大观楼下，往上看，令人上去开了缀锦阁，一张一张往下抬。小厮、老婆子、丫头一齐动手，抬了二十多张下来……便拉了板儿登梯上去。进里面，只见乌压压的堆着些围屏、桌椅、大小花灯之类，虽不大认得，只见五彩炫耀，各有奇妙。（第四十回）

因今岁八月初三日乃贾母八旬之庆，又因亲友全来，恐筵宴排设不开，便早同贾赦及贾珍贾琏等商议……大观园中收拾出缀锦阁并嘉荫堂等几处大地方来作退居。（第七十一回）

▶《滕王阁图》，清代吴淑娟

由此可见，缀锦阁至少有两层。底层架空，具有较大的空间，可以用来设宴，二楼是放置围屏、桌椅、花灯等器物的储物间。阁，本指搁置食物等的橱柜，后泛指类似楼房的建筑物，大多两层，四面开窗，供远眺、游憩、藏书和供佛之用。

所谓"缀"，是连接、装饰；而"锦"，指彩色花纹的丝织品，比喻鲜明美丽。"缀锦"一词，颇有锦上添花之意。用于大观楼，与西侧的"含芳"相对，歌颂"元妃省亲"十分贴切；而用作"金闺花柳质，一载赴黄粱"的迎春住处，似乎稍显不当。

木头棋局

迎春胆怯懦弱，存在感不强，戳一针也不知嗳哟一声，被称为"二木头"。纵然如此，她的住所也不至于随便用一个重复的名字。要知道，大观园的题名，贾政、宝玉都十分看重，不敢擅拟。

至于为什么会重名，有可能是姐妹之间所拟相同的小小"巧合"，也有可能是作者尚未修改完毕的小小"纰漏"，毕竟"书未成，芹为泪尽而逝"。总之，答案早已消逝在风中。

若是姊妹所拟，会是出自谁的手笔呢？黛玉曾说，"我们大家把这没有名色的，也都拟出来了"，恐怕真正参与的仅宝钗、黛玉、探春三人而已。从风格来看，宝钗浑厚，黛玉灵巧，探春爽朗，"缀锦"之名或为宝钗所拟。若如此，倒也可以解释为何元春看重宝钗——她们是"一路人"，声气口吻类似，题名也相似。

不论是"紫菱洲"，还是"缀锦楼"，都是轻描淡写地略过，就像迎春在《红楼梦》中也是轻描淡写地略过一样。不过，迎春毕竟是"金陵十二钗"正册，还有一个人物可以看作她的补充，那就是香菱。

某种意义上讲，迎春和香菱本质上都是"菱"，她们的命运有相似之处。比如：香菱嫁给了"呆霸王"薛蟠，迎春嫁给了"中山狼"孙绍祖。再比如：她们最快乐的时光，都在大观园，她们最想回到的地方，也都是大观园。

紫菱洲虽然经常被忽略、被遗忘，却是迎春心中最美好的过往。那时的她"温柔沉默，观之可亲"，可以无拘无束地游玩、嬉戏，自由自在地读书、下棋。下棋是迎春热爱的，也是她擅长的。她的大丫鬟一个叫"司棋"，一个叫"绣桔"，连起来就是"棋局"。可她不知道，她不是棋局外的弈者，而是棋局内的棋子。她"没有坚强的防备，也没有后路可以退"，她"没有决定输赢的勇气，也没有逃脱的幸运"，她只是一颗棋。

在热闹的雅集中，迎春独自在花阴下拿着花针穿茉莉花。她幻想着与世无争，却总被命运捉弄。她不能自主，似乎也放弃自主。对她来说，最好的莫过于：不问"攒珠累金凤"，只读《太上感应篇》。

子系中山狼，
得志便猖狂。
金闺花柳质，
一载赴黄粱。

▶ 贾迎春及其判词，《金陵十二钗正册》

▲ 闲亭对弈，清代陈枚《月曼清游图》册

○ 秋爽斋：桐剪秋风蕉待雨

桐剪秋风

苏州虎丘山顶上有一楼阁，平台旷朗，高适明畅，名为"致爽阁"。元代顾瑛《虎丘十咏》诗称其"开襟致秋爽，心与白云闲。"用来形容大观园"秋爽斋"也十分合适——襟披秋风，心胸为之一爽。

斋，本意是斋戒、庄敬，指屋舍时常用于书房、学舍。贾府"四春"的丫环，分别以"琴棋书画"为名，曰：抱琴，司棋，侍书[1]，入画。丫环之名是其主人趣味的反映，探春得"书"字，故其居所曰"斋"。斋前悬有一匾：桐剪秋风。

梧桐，落叶乔木，叶子掌状，有"青桐、碧梧"之称。《广群芳谱》说："立秋之日，如某时立秋，至期一叶先坠，故云：梧桐一叶落，天下尽知秋。"因此，常用"梧桐一叶落"表示秋天来临，也比喻事物衰落的征兆。

属于秋天的秋爽斋，栽植梧桐最为恰当。据记载，早在春秋时期，吴王夫差建有"梧桐园"，园中多植梧桐树。明清之际，园中梧桐已相当普遍。明代文学家陈继儒的"凡静室，前栽碧梧，后栽翠竹"之语和拙政园的"梧竹幽居"之景，都是例证。

秋爽斋中有一处大的馆舍，名"晓翠堂"。《园冶》说："凡园圃立基，定厅堂为主。先乎取景，妙在朝南。"又说："堂者，当也。谓当正向阳之屋，以取堂堂高

▲《虎丘图卷》局部，明代谢时臣

---

1 侍书，一作"待书"，历来颇有争议，今取"侍书"。

显之义。斋较堂，惟气藏而致敛，有使人肃然斋敬之义。盖藏修密处之地，故式不宜敞显。"因此，"堂"是外向的，是显露的；而"斋"是内向的，是隐藏的。"秋爽斋"与"晓翠堂"同处一个院落，自然有互补之意，或者称之为"两面性"。这一点，也体现在秋爽斋的室内格局中：

　　探春素喜阔朗，这三间屋子并不曾隔断。当地放着一张花梨大理石大案，上磊着各种名人法帖，并数十方宝砚，各色笔筒笔海内插的笔如树林一般。那一边设着斗大的一个汝窑花囊，插着满满的一囊水晶球儿的白菊。西墙上当中挂着一大幅米襄阳《烟雨图》，左右挂着一副对联，乃是颜鲁公墨迹，其词云："烟霞闲骨格，泉石野生涯"。案上设着大鼎。左边紫檀架上放着一个大观窑的大盘，盘内盛着数十个娇黄玲珑大佛手。右边洋漆架上悬着一个白玉比目磬，旁边挂着小锤。（第四十回）

　　通篇下来，如果用一个字形容，便是"大"——大案上设着大鼎，大盘内盛着大佛手，大花囊中插着大菊花，而且挂着大画，写着大字。与怡红院的精雕细琢不同，秋爽斋阔朗宽大。也许，宝玉内心是小公主，探春心中才是大丈夫！实际上也的确如此：宝二爷只愿意在内帏厮混，三丫头却愿意干一番事业。

除了"大"，还有一个特点便是"多"——法帖好多种，宝砚数十方，各色笔筒、笔海内插的笔也如树林一般。白菊本就多瓣，还要插得满满的；佛手本就分指，仍要盛着几十个。"米点山水"密密麻麻全是点，"颜体楷书"浓浓烈烈全是墨，一切都是外向的、密集的、震慑的。这本应有很强的压迫感，却由于房间的开阔而不显局促，反倒觉得气魄宏大、境界全出。

颜鲁公的书法和米襄阳的绘画，无疑提升了秋爽斋的空间品质，且一个肥厚粗拙、筋健洒脱，一个水墨淋漓、烟雨朦胧，似乎也反映了探春的"两面性"，她进可攻，

▲《林岫烟云》，宋代米芾

退可守，既有英雄气，也有女儿情。

　　秋爽斋具有"两面性"，探春也有"两面性"，最适宜探春和秋爽斋的秋天，同样有"两面性"。虽然古人多"伤春悲秋"，但自刘禹锡"晴空一鹤排云上，便引诗情到碧霄"以来，又平添了几分奋发进取的豪情和豁达乐观的情怀。或许，黛玉眼中"秋花惨淡、秋雨凄凉"的秋天，在探春看来，却是"天高云淡、金风送爽"的秋天。既然是"两面性"，自然也是"一体化"的，于探春而言，大概"爽朗"是其愿望，而"肃杀"是其结局。

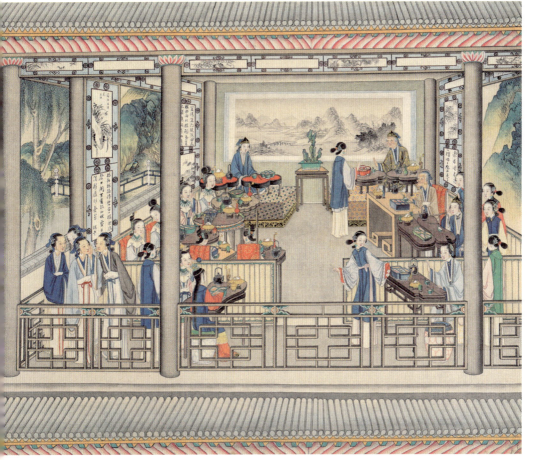

▲ 凤姐摆饭秋爽斋，清代孙温绘全本《红楼梦》局部

蕉下诗客

除元春外，"四春"中探春最有才能，无论是囿于现实的理家之才，还是诉诸理想的诗词之才。虽然庶出的身份给她蒙上了一层阴影，但谁也不敢小瞧她。她就像下人口中的"玫瑰花"——又红又香，无人不爱，只是刺戳手。

"孰谓莲社之雄才，独许须眉；直以东山之雅会，让余脂粉。"这是探春的格局与心声。她组织了大观园中第一个诗词团体——海棠诗社。明清之际，诗社遍立，词学鼎盛，女子也多能结社唱和。清朝康熙年间，女诗人顾若璞培养了第一个真正意义上有组织的女性文学团体。有趣的是，她们正是以"蕉"为名，称"蕉园诗社"。

秋爽斋不仅有梧桐，还有芭蕉。在"秋爽斋偶结海棠社"时，探春笑道："有了，我最喜芭蕉，就称'蕉下客'罢。"

▼ 秋爽斋偶结海棠社，清代孙温绘全本《红楼梦》局部

芭蕉，多年生草本植物，叶子大而宽，是诗词中的常见意象，多与孤独凄凉和离愁别绪相联系，如"芭蕉不展丁香结，同向春风各自愁"。两宋时期，当其与"雨"结合，形成"雨打芭蕉"的意象之后，更加丰富和完善了"愁"的内涵——北宋时期，"深院锁黄昏，阵阵芭蕉雨"是欧阳修的愁，"闲愁几许，梦逐芭蕉雨"是葛胜冲的愁；南宋时期，"纵芭蕉、不雨也飕飕"是吴文英的愁，"芭蕉滴滴窗前雨，望断江南路"是洪适的愁。园林中多有种植芭蕉的实例，拙政园"听雨轩"便是一泓清水，数点芭蕉。

大观园中有多处种植芭蕉，除秋爽斋外，还有潇湘馆和怡红院。同样的芭蕉，在不同的环境里，在不同的人心里，寄托着不同的情感。潇湘馆中的芭蕉，是黛玉"雨打芭蕉"的凄凉；怡红院中的芭蕉，是宝玉"未展芭蕉"的爱怜；而秋爽斋中的芭蕉，

是探春"蕉叶题诗"的风雅。但不要忘了，黛玉曾以"蕉叶覆鹿"的典故打趣探春，似乎也预示着她"人为刀俎、我为鱼肉"的命运。

与芭蕉类似，梧桐作为诗词中的常见意象，也多与孤独忧愁和离愁别绪相联系。比如，"寂寞梧桐深院锁清秋"和"梧桐更兼细雨，到黄昏、点点滴滴"。梧桐与芭蕉，都有听雨的意境，也都是离愁别绪的代称。因此，诗词中常连用芭蕉和梧桐，如元代徐再思《水仙子·雨夜》曲："一声梧叶一声秋，一点芭蕉一点愁，三更归梦三更后。"

古人云"栽桐引凤"，秋爽斋的梧桐似乎真的引来了"凤凰"——怡红夜宴时，探春掣得"日边红杏倚云栽"的花签，注云："得此签者，必得贵婿，大家恭贺一杯，共同饮一杯。"众人笑道："我们家已有了个王妃，难道你也是王妃不成。大喜，大喜。"探春虽然不悦，却也无可奈何。最后一语成谶，走上了和亲的道路。她成了"凤凰"，却离开了故乡；成就了"事业"，却远离了亲人。

总而言之，关于秋爽斋，关于贾探春，判词是其最好的注解。

才自精明志自高，
生于末世运偏消。
清明涕送江边望，
千里东风一梦遥。

▶ 贾探春及其判词，《金陵十二钗正册》

◇ 暖香坞：红蓼花繁心意冷

蓼汀风寒

暖香坞是贾惜春的居所，要了解"暖香坞"，先要知道"蓼风轩"。大观园中的景点，大多因势、因景而名，且很大一部分是依植物命名。显然，"蓼风轩"以"蓼"为主体。

"蓼"是蓼科植物的泛称，为一年生或多年生草本植物，有水蓼、红蓼、刺蓼等。其花小，多为白色或浅红色，一般生长在水边或水中。文学作品中的"蓼"，通常指红蓼，《诗经》有"荼蓼朽止，黍稷茂止"之句，秦观有"红蓼花繁，黄芦叶乱，夜深玉露初零"之词。大观园中种植的，或许也是红蓼。

蓼风指秋风，因红蓼在初秋时节开花，故名。轩，本意是一种前顶较高而有帷幕的车子，后又指房屋，多是以敞朗为特点的建筑物。《园冶》说："轩式类车，取轩轩欲举之意，宜置高敞，以助胜则称。"由此可见，蓼风轩应是建在高处，有窗的长廊或小屋，可在秋天欣赏水中摇曳多姿的红蓼。

▲ 红蓼，清代王图炳《秋景花卉诗画册》

除"蓼风轩"外，园中还有一处景点因"蓼"得名，即"蓼汀花溆"。蓼汀即长着蓼草的小洲，花溆即开着野花的水边。"蓼汀"与"花溆"意境相似，二者连用略显重复。古诗云"暮天新雁起汀洲，红蓼花开水国愁"，"蓼汀"一词稍显萧索，因此元春改名为"花溆"。

惜春的卧室名为"暖香坞"，其环境在"雅制春灯谜"一回，有详细介绍：

说着，仍坐了竹轿，大家围随，过了藕香榭，穿入一条夹道，东西两边皆有过街门，门楼上里外皆嵌着石头匾，如今进的是西门，向外的匾上凿着"穿云"二字，向里的凿着"度月"两字……从里边游廊过去，便是惜春卧房，门斗上有"暖香坞"三个字。早有几个人打起猩红毡帘，已觉温香拂脸。（第五十回）

过街门指通道两侧相对着开的门。门楼即门上起楼，常见的有大门上的楼和观阙上的楼。门楼上嵌匾，匾上题字，是园林中常见的手法。题名通常成对出现，仅以苏州园林为例：拙政园中有"淡泊""疏朗"，狮子林中有"通幽""入胜"，耦园中有"载酒""问字"。同样，暖香坞中的"穿云""度月"也是如此。

坞，原指山坳或四面高中间低的地方，后泛指四边如屏的花木深处，或四面挡风的建筑物。王维营建辋川别业时，即在辛夷花深处建有"辛夷坞"。不过，"桃花坞"可能更加知名。苏州城外的桃花坞，不仅因唐伯虎"桃花坞里桃花庵，桃花庵下桃花仙"的诗句远近闻名，更因"工艺精美、题材丰富、风格鲜明"的桃花坞年画风靡天下。

▼ 蓼汀花溆，清代孙温绘全本《红楼梦》局部

藕榭心冷

园中人到暖香坞大多是"过藕香榭"而来，可见藕香榭离蓼风轩和暖香坞不远，这一带的三者可以互相代称。

与"秋爽斋"和"晓翠堂"为一组建筑且相互映衬一样，"暖香坞"与蓼风轩也如此。蓼风轩处于高地，暖香坞位于凹地；前者外向，四顾而望，后者内向，万法归心。

择居之时，以"蓼风轩"称惜春的住处；入住大观园后，则多用"暖香坞"指代，倒也符合惜春的性子——廉介孤僻，明哲保身。正如她在抄检大观园时所说："我只知道保得住我就够了，不管你们。从此以后，你们有事别累我。""古人曾也说的，'不作狠心人，难得自了汉'。我清清白白的一个人，为什么教你们带累坏了我！"温暖的环境与冰冷的内心，形成强烈的反差。

关于"暖香"，还有两段趣事：一是黛玉曾以"暖香"打趣宝玉："你有玉，人家就有金来配你；人家有'冷香'，你就没有'暖香'去配？"二是宝玉胡诌要给黛玉配丸药时，说："我这方子比别个不同，这个药名儿也古怪，一时也说不清。只讲那头胎紫河车，人形带叶参……"脂批云："今颦儿之剂，若许材料，皆系滋补热性之药，兼有许多奇物，而尚未拟名，何不竟以'暖香'名之？以代补宝玉之不足，岂不三人一体矣？"

▼　贾宝玉奇方配丸药，清代孙温绘全本《红楼梦》局部

就像"冷香丸"医不好宝钗的"热毒"一样，"暖香坞"也救不了惜春的"冷心"。"坞"还指防守用的小堡。这防守之意，的确契合惜春自我保护、自我防御的心理。对惜春而言，也许是因为从小缺少父母怜爱，也许是因为过早看透了人间冷暖，又或许只是因为天性了悟，她"勘破三春景不长，缁衣顿改昔年妆"，从此"把这韶华打灭，觅那清淡天和"，最终"独卧青灯古佛旁，不听菱歌听佛经"。

清代王希廉在《石头记论赞》中说："人不奇则不清，不僻则不净，以知清净法门，皆奇僻性人也。惜春雅负此情，与妙玉交最厚，出尘之想，端自隗始矣。"惜春从心冷意冷到大彻大悟，也许只需要一卷《妙法莲华经》的时间。

勘破三春景不长，
缁衣顿改昔年妆。
可怜绣户侯门女，
独卧青灯古佛旁。

◀ 贾惜春及其判词，《金陵十二钗正册》

◯ 栊翠庵：白雪红梅笼青烟

深山古寺

古语云："深山藏古寺。"大观园中的栊翠庵，虽没有深山可藏，却也是假山环绕。栊，本意为围养禽兽的栅栏，又指窗上的格木、窗户，也泛指房舍。翠，指青烟缭绕、绿意氤氲的环境。庵，本指圆顶草屋，后指僧尼奉佛的小寺庙，也用于书斋。栊翠庵，即在青翠、幽静的环境中拜佛、修行的小寺庙。

▲ 栊翠庵，清代孙温绘全本《红楼梦》局部

"庵"与"寺"类似，都是佛教的修行地，不同之处在于："寺"一般规模较大，且多为男性僧侣；"庵"一般规模较小，且多为女性僧侣。汉代佛教传入，最初被招待在鸿胪寺，后为其创建馆舍，称"白马寺"。因此，后世佛教的庙宇大多称"寺"。一寺之中有若干院，故规模较小的寺便叫作"院"，而比丘尼住的寺院多称为"庵"，即常说的"尼姑庵"。

　　古代的寺庙建筑没有形成独立的体系，而是仿照宫殿建筑建造，一般皆坐北朝南，中轴对称，以大雄宝殿为中心。轴线上依次为山门、天王殿、大雄宝殿、法堂、毗卢殿或藏经楼（阁）等，另有钟楼、鼓楼及东、西配殿等建筑。山门，即寺庙的外门，因早期的佛寺一般多建在山上而得名，又称"三门"。山门，一般由并列的三扇门组成，中间一扇大门，两旁两扇小门，象征"三解脱门"，即空门、无相门、无作门。

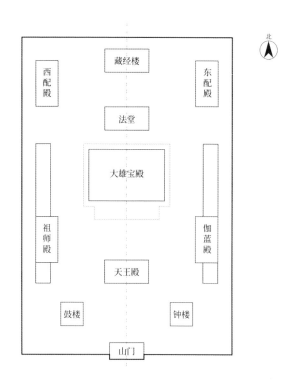

▲　寺庙平面示意图

"栊翠庵"属于小型的比丘尼寺庙，建筑主要有山门、院墙、正佛堂、东西禅堂及耳房等。其中，正堂用于礼佛斋戒，禅房用于静修诵经，耳房用于起止居住。

　　栊翠庵的佛堂内供着菩萨，耳房里除蒲团、拂尘等陈设外，还有烹茶用的风炉及众多精美珍稀的茶具，如海棠花式雕漆填金云龙献寿小茶盘、成窑五彩小盖钟、官窑脱胎填白盖碗、瓟瓟斝、点犀盉、绿玉斗以及九曲十环一百二十节蟠虬整雕竹根大盉等。无论是雕漆、描金的技法，还是五彩、脱胎的工艺，都极为复杂精细，更不用说宝、黛、钗吃体己茶时所用的古玩奇珍。这些器具都有一种富贵气和世俗气，昭示着妙玉"出尘而入世"的微妙心理。

　　妙玉本是苏州人氏，祖上也是读书仕宦之家。因自小多病，买了许多替身儿皆不中用，她入了空门，方才好了，所以带发修行。可见，妙玉出家并非自愿之举，而是无奈之行。她骨子里还是大家闺秀，还是闺阁面目，唯一不同的是——她的闺阁在栊翠庵，仅此而已。

▲ 妙玉品茶——清代费丹旭

踏雪寻梅

栊翠庵花木繁盛，自有一股出世绝尘的意境，贾母见了也忍不住称赞道："到底是她们修行的人，没事常常修理，比别处越发好看。"庵中有数十枝红梅，寒香扑鼻，映着白雪，分外精神。那日宝玉联诗落第，李纨便罚他"踏雪寻梅"。宝玉欣然前往，"不求大士瓶中露，为乞嫦娥槛外梅"，未几笑欣欣掮了一枝红梅插瓶，其色极艳，其味极香，其态极美。

"入世冷挑红雪去，离尘香割紫云来。"这枝红梅二尺来高，旁有一横枝纵横而出，约有五六尺长，其间小枝分歧，或如蟠蟒，或如僵蚓，或孤削如笔，或密聚如林，花吐胭脂，香欺兰蕙，十分符合文人赏梅的情趣——梅以曲为美，直则无姿；以欹为美，正则无景；以疏为美，密则无态。

梅，落叶乔木。早春开花，以白色、红色为主，味清香。梅花自古以来便是著名的观赏植物，位列"中国十大名花"之首，素有"开百花之先，独天下而春"的美誉。同时，也因其高洁、坚强、谦虚的品格，而被世人推崇，形成了独特的"梅文化"：以韵胜，以格高，以横斜疏瘦与老枝怪奇者为贵。

文人雅士对梅花偏爱有加，对于梅花之美，不但要看，还要赏，继而更要探、要寻。毕竟，"雪映梅开"只是天景，"踏雪寻梅"才是人趣——"吾诗思在灞桥风雪中驴背上"。

▶ 《墨梅图》，明代唐寅

陈继儒说："雪后寻梅，霜前访菊，雨际护兰，风外听竹，固野客之闲情，实文人之深趣。"李纨虽厌恶妙玉，却因爱其庵前的红梅，便以惩罚为名，行折梅之实，让宝玉取一枝清赏。又让邢岫烟、李纹、薛宝琴分别以"红、梅、花"三字为韵，各吟诗一首，完成了"探梅、寻梅、赏梅、吟梅"的一系列风雅情事。

妙玉"气质美如兰，才华馥比仙"，她文墨也极通，模样儿又极好，但为人孤僻，不合时宜。虽然栊翠庵是不错的修行之地，但妙玉却并非很好的修行之人。与惜春看破红尘、遁入空门不同，妙玉出家修行，不是自愿之举，而是无奈之行。可以说，惜春是"身在红尘、心在空门"，妙玉是"身在空门、心在红尘"。她们俩，一个是在家的姑子，一个是出家的小姐。

修行之人贵在修心，可妙玉放不下执着、偏见，也斩不断情思、姻缘。她所自称的"槛外人"，也不过是一种外在的标榜，一种拒绝的托词。她做不到六根清净，也做不到五蕴皆空，于她而言，"出家人"只是一种身份，而不是一种心境。因此，她敏感、挑剔，看不上别人，也被别人看不上。

妙玉辜负了青灯古殿，也辜负了红粉朱楼。最终，一块无瑕美玉，落在污泥之中，依旧是风尘肮脏违心愿，可哀亦可叹！

欲洁何曾洁，
云空未必空。
可怜金玉质，
终陷淖泥中。

▶ 妙玉及其判词，《金陵十二钗正册》

◯ 藕香榭：藕花深处香盈榭

菱藕香深

　　园林建筑的作用主要体现在三个方面：一是组织游览路线，二是体现园林意境，三是兼具观赏作用。许多园林建筑既可"观景"，又是"景观"；既可"点景"，又是"景点"。它既能根据园林的结构组织游览路线，也能依据园林的布局变成视觉焦点，从而体现出"观赏"与"被观赏"的双重性质。

　　大观园中除了众多的居住建筑，也有大量的观赏建筑，典型的如藕香榭。

　　"榭，台有屋也"，本意是高台上构筑的木屋。《园冶》说："榭者，藉也。藉景而成者也。或水边，或花畔，制亦随态。"（笔者注：藉，同"借"。）"榭"有凭借的意义——凭借景观而成。或在水边，或在花旁，形式也灵活多变，是一种以借助周边景色见长的园林建筑。

　　藕香榭建在池中，四面有窗，左右有廊，前后有桥，是一座典型的水榭——平面或呈方形，三面临水，四周开敞或设窗，空间通透畅达，是一处极佳的观景建筑。上有一联："芙蓉影破归兰桨，菱藕香深写竹桥。"

▼　藕香榭，清代孙温绘全本《红楼梦》局部

藕香即指莲花之香。莲花"出淤泥而不染，濯清涟而不妖"，其香远且清。夏日花开满池，在一汪碧水中散发着淡淡清香，使人心旷神怡。水面清圆，风荷摇曳，别有情趣。

但莲有香而藕无香，为什么要以"香"言藕，而且加一个"深"字强调呢？其实"藕香"并非《红楼梦》所创，杜甫曾有诗云"疏树空云色，茵陈春藕香"，李清照也有"红藕香残玉簟秋，轻解罗裳，独上兰舟"的词句。藕香榭之名，大概是要表达景物的幽深，气韵的生动，凸显草木清香之气。

藕香榭既是园中赏景佳处，又很好地组织了园内游览路线，其楹联、匾额也提升了园林意境，可以说完美地体现了园林建筑的功能。

水榭清音

"榭"常与"台"连用，称"歌台舞榭"，泛指演奏乐曲、表演歌舞的场所。藕香榭深得水音之趣，园中常在此演习戏曲。贾母"两宴大观园"时，命女戏子们"就铺排在藕香榭的水亭子上"。借着水音欣赏，箫管悠扬，笙笛并发。风清气爽，那乐声穿林度水而来，又听得近，又听得清，格外有趣。

"舞榭歌台，风流总被雨打风吹去"。大观园中的藕香榭自然无迹可寻，但生活中的藕香榭却有迹可查——仅在"园林甲天下"的苏州，就有两处，真真如《红楼梦》所言，只难得"可巧"二字。

这两处"藕香榭"，一在拙政园之中，一在怡园之内。

准确地说，拙政园中的"藕香榭"不是"榭"而是"楼"。其建筑高两层，三面环水，两侧傍山，称"见山楼"，取陶渊明"采菊东篱下，悠然见南山"诗意。传为太平天国时期，忠王李秀成所改（原名隐梦楼），并在此办公，至今楼内摆设一如往昔。楼下有匾，题"藕香榭"。

见山楼依山傍水，高而不危，是一座典型的江南风格楼房，重檐、卷棚、歇山顶，粉墙黛瓦，古朴淡雅。底层藕香榭沿水的外廊设吴王靠（又称美人靠），小憩时凭栏而坐，近可观游鱼，中可赏荷花，远可眺全园，真好个所在！

相比之下，怡园的"藕香榭"更名副其实。

藕香榭是怡园的主厅堂，为鸳鸯厅式样。厅南为锄月轩，也称"梅花厅"，与梅花园紧紧相连；厅北是藕香榭，也称"荷花厅"，临池而筑，遍植荷花，是园中观景、消夏的绝佳场所。厅内匾额上书"藕香榭"三字，其下是一幅怡园全景木刻图，屏前置条几一张，靠椅一对。条几上以山石盆景为点缀，两侧放置大理石插屏和青花瓷瓶，朴素之气迎面而来，迥异于《红楼梦》中厅堂摆设的富贵之气，体现了园主人的淡泊之志和归隐之思。

　　无论是拙政园的藕香榭，还是怡园的藕香榭，自然都与大观园中的藕香榭不同，唯一相同的恐怕只有名字。古语云"睹物而思人，借景以生情"，纵然不能到大观园的藕香榭中畅游，能够在苏州园林的藕香榭中清逛，也可聊诉衷肠，聊解梦意！

▲　碧池采莲，清代陈枚《月曼清游图》册

○ 芦雪广：因岩成室芦荻满

因岩成室

▲ 芦雪广，清代孙温绘全本《红楼梦》局部

　　与"藕香榭"类似，"芦雪广"也是大观园中的一处观赏建筑。这处建筑，除"芦雪广"和"芦雪庵"之外，还有"芦雪庭""芦雪庐""芦雪亭""芦雪厂"等名称[1]。早期研究者大多取"芦雪庵"，认为"广"是"庵、庭、庐"等字的简化或讹写。自冯其庸先生《"芦雪广"辨正》一文后，"芦雪广"几成定论[2]。

---

1 参见甲辰本、梦稿本、列藏本、己卯本、庚辰本及戚序本等古本。
2 宽堂：《"芦雪广"辨正》，参见《红楼梦学刊》，1989年第3期第95—99页。笔者注：冯其庸，名迟，字其庸，号宽堂。

"芦雪广"之"广"，读作"掩"（yǎn），为象形字，像房屋之形，并非"廣"（guǎng）的简化字。"广"和"廣"在古代是两个不同的字，《简化字总表》规定"廣"的简化字作"广"，这两个"广"属于同形字，即字形相同而音义不相关的字。

《说文》云："广，因广为屋，象对刺高屋之形。"清朝学者徐灏注笺："因广为屋，犹言傍岩架屋。此上古初有宫室之为也。"所以说，"广"指依山崖建造的房屋。韩愈有诗曰："剖竹走泉源，开廊架崖广。"李诫《营造法式》也说："因岩成室谓之广。"

退一步讲，以"广"作为"廣"的简化字来看，按《说文》记载："广，殿之大屋也。"段玉裁注："殿谓堂无四壁……覆乎上者曰屋，无四壁而上有大覆盖，其所通者宏远矣，是曰广。"据此来讲，广（廣）指高大且开敞通透的房屋，似乎也符合"芦雪广"的建筑及环境。

再退一步讲，通过"反证法"，即逐个研究"庭、亭、庐、厂、庵"等的不适宜性，以反证"广"的合理性，也可知"芦雪广"为原笔正文。《红楼梦》中建筑类型重复者极少，以最通行的"芦雪庵"为例，大观园内有"栊翠庵"，大观园外有"水月庵"，此处恐怕不会再以"庵"为名。

只有原文写作生僻的"广"字，在抄本流传中才可能因为抄手理解的不同产生讹传。如果是比较通俗的"芦雪庵""芦雪庭"等，大概率不会出现抄写错误，也不可能被擅自改为其他字。

因此，"芦雪广"才是这几间观赏建筑的原始设定。

荻芦夜雪

芦雪广盖在傍山临水河滩之上，"一带几间，茅檐土壁，槿篱竹牖"。它以茅草为屋，以泥土为墙，用木槿做篱笆，用竹子做窗户。墙壁矮小，窗户宽大，显得开敞而通透。四面皆有芦苇覆盖，推窗便可垂钓。又有一条小路，蜿蜒曲折，穿芦度苇而去，便是藕香榭的竹桥。

芦苇是一种多年生草本植物，生于水边，茎中空，花紫色。"初生为葭，长大为芦，成则名为苇。"因芦苇花轴上有密生的白毛，其色白如雪，故称"芦雪"。

秋爽斋结社时，探春送给宝玉的请帖中，花笺上有"若蒙棹雪而来，娣则扫花以待"之句。"扫花以待"典出杜甫《客至》诗句"花径不曾缘客扫，蓬门今始为君开"，表示对友人到来的期盼。棹雪而来，指乘船穿过雪花，用"王子猷棹雪访戴"之典，取"乘兴而来"之意[1]。

▶《雪夜访戴图》，元代张渥

---

1 "王子猷居山阴。夜大雪，眠觉，开室，命酌酒，四望皎然。因起彷徨，咏左思《招隐》诗。忽忆戴安道，时戴在剡，即便夜乘小船就之。经宿方至，造门不前而返。人问其故，王曰：'吾本乘兴而行，兴尽而返，何必见戴？'"出自南朝宋刘义庆编著《世说新语·任诞》。

更妙的是，"棹雪"除了有"写虚"的引用典故之美，还有"写实"的描绘景色之功。秋爽斋离芦雪广不远，此时恰逢秋季，芦雪广四周芦花纷飞似雪，故"棹雪"者，不是天上飘落的"雪"，而是地上飞起的"雪"。

宝玉与众姐妹，先是"割腥啖膻"，大烤鹿肉；后又"即景联诗"，文采风流。除参与联诗的宝、黛、钗、湘及凤姐、李纨、宝琴等十二人外，还有众多的丫环、仆人。可知，芦雪广是能够容纳数十人的大屋子，而非小房子，这也符合一般观景建筑较为宽敞的设定。

如今，找不到以"广"为名的古建筑，似乎也不会有以"广"为名的新建筑，只有在古籍文献中，偶尔还能一瞥它的身影，而这正是《红楼梦》值得研究和学习的一部分。

▲ 割腥啖膻，清代孙温绘全本《红楼梦》局部

○ 凸碧山庄：山高月小醉眠芍

凹凸有致

大观园中建筑类型丰富、数量繁多，有的自成一体，有的组合为院，也有的相互呼应。凸碧山庄和凹晶溪馆，便是相互呼应的一对建筑。

那年中秋佳节，贾府阖家赏月：

贾母便说："赏月在山上最好。"因命在那山脊上的大厅上去……从下逶迤而上，不过百余步，至山之峰脊上，便是这座敞厅。因在山之高脊，故名曰凸碧山庄。（第七十五回）

湘云笑到："这山上赏月虽好，终不及近水赏月更妙。你知道这山坡底下就是池沿，山坳里近水一个所在就是凹晶馆。可知当日盖这园子时就有学问。这山之高处，就叫凸碧；山之低洼近水处，就叫作凹晶……"（第七十六回）

凸碧山庄位于山之高脊，突出在山巅之上，故称"凸碧"。凹晶溪馆位于水之低洼，环抱在池水之畔，故称"凹晶"。两处建筑虽不在一起，且一上一下、一明一暗、一高一矮、一山一水，却同是为玩月而设，形成了一组赏月、咏月的建筑群。

赏月起源于远古时期的"祭月"，早在周朝即有"春分祭日、夏至祭地、秋分祭月、冬至祭天"的习俗。北京月坛就是清代帝王祭祀月亮的场所。对中国人而言，月亮不仅是遥远天空的一个星体，更是心灵深处的一种慰藉。可以说，从来没有一种自然物能像月亮一样，寄托着那么多、那么美的情感眷恋与精神信仰。从"嫦娥奔月""玉兔捣药"的神话，到"举杯邀明月""月是故乡明"的诗篇，无一不昭示着古人对月的钟情与喜爱。他们咏月、问月，邀月而饮，伴月而眠，甚至捉月而死，形成了独特的"月文化"。

受此影响，古典园林中出现了许多以赏月为主的景致和为赏月而设的建筑。前者如卢沟晓月、平湖秋月、三潭印月等，后者如耦园中的"受月池"，艺圃的"响月廊"，网师园的"月到风来亭"等。赏月的位置不同，感受也不同——登高而赏，则"山高月小、水落石出";临水而望,则"清风徐来、水波不兴"。这正是凸碧山庄和凹晶溪馆的妙处,虽视野不同、景致不一,却同样富有诗情。

就像"凸碧""凹晶"的名字一样,这"凸""凹"二字,历来用的人最少。如今直用作轩馆之名,更觉新鲜,不落窠臼。此名为黛玉所拟,确实符合她风流别致、奇巧新雅的诗风。

▲ 凹晶馆联诗悲寂寞,清代孙温绘全本《红楼梦》局部

▲　琼台玩月，清代陈枚《月曼清游图》册

红香满园

因宫中一位老太妃薨逝，凡诰命等皆入朝随班按爵守制，贾母、邢夫人、王夫人等每日入朝随祭。那日恰逢宝玉、宝琴、岫烟、平儿等人的生日，众人便在红香圃三间小敞厅内无拘无束地宴饮玩乐。

筵开玳瑁，褥设芙蓉。众人吃酒行令，或有射覆的，或有划拳的，或有对点的，呼三喝四，喊七叫八，任意嬉笑。满厅中红飞翠舞，玉动珠摇。及至散席，倏然不见了湘云，忙使人各处去找。良久，一个小丫头笑嘻嘻地走来："姑娘们快瞧云姑娘去，吃醉了图凉快，在山子后头一块青板石凳上睡着了。"众人看时，只见：

湘云卧于山石僻处一个石凳子上，业经香梦沉酣，四面芍药花飞了一身，满头脸衣襟上皆是红香散乱，手中的扇子在地下，也半被落花埋了，一群蜂蝶闹穰穰的围着他，又用鲛帕包了一包芍药花瓣枕着。众人看了，又是爱，又是笑，忙上来推唤挽扶。湘云口内犹作睡语说酒令，唧唧嘟嘟说：泉香而酒冽，玉碗盛来琥珀光，直饮到梅梢月上，醉扶归，却为宜会亲友。（第六十二回）

▼　红香圃，清代孙温绘全本《红楼梦》局部

湘云因多喝了几杯酒，醉卧在红香圃中，以青石为席、以鲛帕为枕、以落花为被，颇有几分魏晋名士的风度。正所谓"唯大英雄能本色，是真名士自风流"，湘云以女儿之身、宽宏之量，摒弃了一切矫揉造作，也打破了一切虚伪矜持，行得自我、活得洒脱，可以说是《红楼梦》中最天真烂漫、憨态可掬的少女。

红香圃位于芍药栏中。圃，本指种植蔬菜、花果或苗木的园地，又指种植园圃的人。红香，谓色红而味香，为泛指。怡红院中曾以"红香"指海棠，红香圃中则指芍药——四面芍药花飞了一身，红香散乱。

芍药，多年生草本植物，根可入药。其花大而美，有紫红、粉红、白、黄等多种颜色，供观赏，亦可食用。芍药是"中国十大名花"之一，有"花相"之称，被尊为"五月花神"。芍药也是爱情的象征，表示男女爱慕之情，或指文学中言情之作，《诗经》中即有"维士与女，伊其相谑，赠之以勺药"之句。

红香圃是一处芍药园中的小建筑。其形制、规模皆不可考，但因"湘云醉卧"之事，便足矣闻名至今，也让芍药多了几分别致的韵味。

▲　芍药，清代郎世宁《仙萼长春图册》

◯ 沁芳亭：花落流红且停停

泻玉沁芳

亭，是一种有顶无墙的小型建筑物，通常建造在园林中、名胜处或道路旁，供人休息、观赏。"亭"与"榭"一样，大多借景而成。无论是山顶、水涯，还是松荫、竹丛，都是安亭置榭的合适地点。俗话说"奇亭巧榭"，若布置合理，则全园俱活。自古以来，便有许多趣闻轶事、风流佳话，最具代表性的当属醉翁亭。

醉翁亭位于安徽滁州琅琊山，因北宋欧阳修《醉翁亭记》一文而名垂千古，为"中国四大名亭"之首。"醉翁之意不在酒，在乎山水之间也"，其文由山而峰、由峰而泉、由泉而亭、由亭而人、由人而酒、由酒而醉翁，再由醉翁之意到山水之乐，条理清晰，构思精巧，影响深远。

大观园中也用此典：

贾政与诸人上了亭子，倚栏坐了，因问："诸公以何题此？"诸人都道："当日欧阳公《醉翁亭记》有云：'有亭翼然'，就名'翼然'。"贾政笑道："'翼然'虽佳，但此亭压水而成，还须偏于水题方称。依我拙裁，欧阳公之'泻出于两峰之间'，竟用他这一个'泻'字。"有一客道："是极，是极。竟是'泻玉'二字妙。"（第十七回）

无论是"翼然"，还是"泻玉"，都出自《醉翁亭记》。虽然，最终题为"沁芳亭"，而非"泻玉亭"，但也深受醉翁亭的影响，毕竟"沁芳"二字与"泻玉"内涵相似，只是更为新雅、更为深刻。

沁芳亭是大观园中规模最宏大、建筑最奢华、性质也最重要的一座亭子。它是一座亭桥——即在桥上建亭。其桥白石为栏，环抱池沿，石桥三港，兽面衔吐。其亭应为四角、攒尖顶，与桥结合，一同构成园林空间中的精美景观，又有水中倒影，相映成趣，倍添情致。

"沁"指气体、液体等渗入或透出，"芳"指花草及花草的香气，"沁芳"的本义即花草渗透出的香气。这是从文字的角度加以解释，似乎相当新雅，也相当别致。

如果更进一步，从文学角度加以分析，好像更为深刻，也更为悲切。

周汝昌先生说："'沁芳'，字面别致新奇，实则就是'花落水流红'的另一措语，但更简靓、更含蓄。流水飘去了落红，就是一个总象征：诸艳聚会于大观园，最后则正如缤纷的落英，残红狼藉。群芳的殒落，都是被溪流'沁'渍而随之以逝的！"又说："这就是读《红楼梦》的一把总钥匙，雪芹的'香艳'字面的背后，总是掩隐着他的最巨大的悲哀，最深刻的思想。'沁芳'，花落水流红，流水落花春去也，是大观园的真正眼目，亦即《石头记》全书的新雅而悲痛的主旋律。"[1]

把"沁芳"当作"花落水流红"的"浓缩"和"再铸"，而且更加简净、更加丰厚，并透过"香艳"之笔，看到"心酸"之泪，可谓真知灼见。同时，也体现出"只可意会、不可言传"的文辞之美和意境之妙，传达出"千红一窟（哭）""万艳同杯（悲）"的悲剧主旨，难怪曹公反复运用、多次强调，将溪、桥、闸、亭皆以"沁芳"为名。

"沁芳"者，"水"与"花"之交融也。大观园中，"水"最多者，在潇湘馆，为黛玉象征；"花"最多者，在怡红院，为宝玉主理。细细思之，"沁芳"之名，似乎也暗喻宝黛之事。

▲ 沁芳亭，清代孙温绘全本《红楼梦》局部

---

1 周汝昌：《红楼十二层》，北京联合出版公司，2018年，第33页。

滴翠戏蝶

除沁芳亭外，大观园中还有一处重要的景观亭——滴翠亭。

宝钗道："你们等着，我去闹了他来。"说着便丢下了众人，一直往潇湘馆来……忽见前面一双玉色蝴蝶，大如团扇，一上一下迎风翩跹，十分有趣……宝钗蹑手蹑脚的，一直跟到池中滴翠亭上，香汗淋漓，娇喘细细。宝钗也无心扑了，刚欲回来，只听滴翠亭里边喊喊喳喳有人说话。原来这亭子四面俱是游廊曲桥，盖在池中水上，四面雕镂槅子糊着纸。（第二十七回）

滴翠亭是潇湘馆附近的一处水中之亭，外圈是四面的游廊回桥，内圈是雕镂格子围合。一般来说，亭是"有顶无墙"的开敞空间，但也有内部围台的建筑以"亭"为名，如拙政园塔影亭。

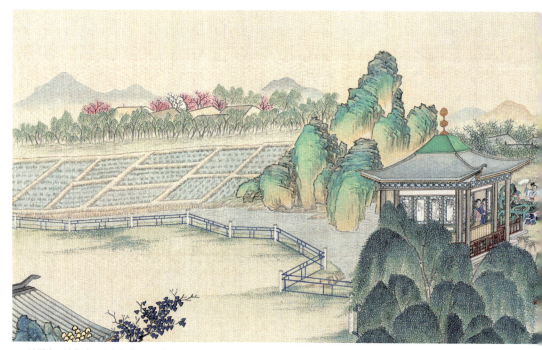

▲ 滴翠亭，清代孙温绘全本《红楼梦》局部

滴翠亭因前有"宝钗扑蝶"之事，后有"金蝉脱壳"之法而闻名。这一小小的"滴翠亭事件"，引得后世烽烟四起，争论不休。其实，大可不必过分解读宝钗的"城府"与"心机"——本就为寻找黛玉而来，情急之下脱口而出"颦儿"，也属情理之中，并非刻意陷害。脂批说："池边戏蝶，偶尔适兴；亭外急智脱壳，明写宝钗非拘拘然一女夫子。"意思是，宝钗也有少女心，不是老夫子。

　　古典园林中有不少以"亭"为核心，如陶然亭、沧浪亭。沧浪亭始建于北宋时期，是苏舜钦的私人园林，也是苏州现存园林中历史最悠久的一座。苏舜钦与欧阳修既是同僚也是诗友，二人皆因"庆历新政"的失败饱受牵连，从而纵情山水。在欧阳修于滁州写下《醉翁亭记》的千古名篇之前，苏舜钦便在苏州写下了《沧浪亭记》的不朽篇章。亭中有一副对联，"清风明月本无价，近水远山皆有情"，上联出自欧阳修诗，下联出自苏舜钦诗。虽是集句，却浑然一体，不仅叙说了沧浪亭的建造过程，也写尽了沧浪亭的山水风月。

◇ 蜂腰桥：香满蜂腰传心事

长虹卧波

　　有园皆有水，有水皆有桥。与"亭"一样，"桥"也是园林中必不可少又精彩纷呈的建筑物。

　　"桥，水梁也。"最早是跨水行空的道路，后来又衍生出架在空中的"天桥"形式，如悬崖峭壁上的"栈道"和宫殿楼阁间的"飞阁"。

　　园林中的桥，统称"园桥"，通常架在水面之上——或在沟壑之间，或在湖池两岸。除了提供园林通行之外，还有联系园林景点、丰富园林视线、划分园林空间等作用，是一种造景、赏景、点景、组景的手段。

　　园桥主要有平桥、拱桥、亭桥和廊桥等形式。

　　平桥，即没有弧度的桥，大多贴水而建，又有"直桥"和"曲桥"之分。曲桥，又叫"折桥"，即曲折的平桥，是园桥的特有样式，通常有三折、五折、七折、九折等，统称"九曲桥"。"景莫妙于曲"，曲桥可以形成延长景观游线，扩大景观画面

园桥·明代仇英《清明上河图》

的效果。同时，形成水面似分非分、空间似隔非隔的艺术境界。

拱桥，即用拱作为桥身主要承重结构的桥，其特征是中部高起、桥洞呈弧形。拱桥有"单拱"和"多拱"之分，大多以砖、石、木等材料建造，又以石拱桥艺术成就最高。单拱桥，一般跨度较小，如颐和园玉带桥，拱券呈抛物线形，上可行人，下可行船。多拱桥，一般跨度较大，常见的多为三、五、七孔。典型的如颐和园十七孔桥，是由十七个桥洞组成的 150 米长桥，飞跨于东堤和南湖岛，宛若长虹卧波。

古典建筑中的拱桥，在世界建筑史上具有重要地位。河北赵州桥建于隋代，距今 1 400 多年，首创"敞肩拱"的形式，是世界上保存最完好、最古老的单孔石拱桥。苏州宝带桥始建于唐代，全长 317 米，由五十三孔的落墩联孔桥形成，其桥身之长、桥孔之多、结构之巧，世所罕见。木拱桥由于材料的缺陷，虽然没有实物例证，却能在画中窥其一斑——张择端《清明上河图》中的虹桥，就是典型的木拱桥。

亭桥和廊桥，分别由桥与"亭"或"廊"结合而成，既可通行，又能休憩。同时，也增加了桥的形体变化，丰富了桥的空间层次。相对来说，亭桥和廊桥的规模更大，更容易形成单独的景点，成为景观的核心。扬州瘦西湖的五亭桥是典型的亭桥，苏州拙政园的小飞虹，则是典型的廊桥。

▲ 蜂腰桥，清代孙温绘本《红楼梦》局部

蜂腰传情

　　大观园中桥很多，但大多点到即止，唯有"沁芳桥"和"蜂腰桥"描写相对细致。

　　沁芳桥，即沁芳亭桥，不再赘述。只是补充一句：自始至终，与沁芳桥有关的情节，似乎都弥漫着一股悲凉之气和哀怨之风。

　　蜂腰桥是一处小桥，同滴翠亭一样，因为"蜂腰桥事件"而闻名，且都与小红有关。不同的是，"滴翠亭事件"暗藏玄机，"蜂腰桥事件"则暗含情愫。文中道：

　　这里红玉刚走至蜂腰桥门前，只见那边坠儿引着贾芸来了。那贾芸一面走，一面拿眼把红玉一溜；那红玉只装作和坠儿说话，也把眼去一溜贾芸：四目恰相对时，红玉不觉脸红了，一扭身往蘅芜苑去了。（第二十六回）

　　贾芸出了怡红院，口里一长一短和坠儿说话，向袖内将自己的一块手帕取了出来，谎称是前日小红所丢，即"蜂腰桥设言传心事"也。

蜂腰，指蜂体中部细狭的部分，比喻人的细腰。唐代皇甫松《抛球乐》词云："带翻金孔雀，香满绣蜂腰。"《红楼梦》中曾多次用"蜂腰"形容女子，如"蜂腰削背，鸭蛋脸面，乌油头发"的鸳鸯和"蜂腰猿背，鹤势螂形"的湘云。

此桥虽以"蜂腰"为名，却可能是平桥——"只见蜂腰板桥上一个人打着伞走来，是李纨打发了请凤姐儿去的人"。或许，蜂腰仅取其"细"之意，未取其"曲"之形。

文中说小红走到"蜂腰桥门前"，可知桥两端有桥门，相应的桥上应该建有廊。那么，蜂腰桥便是一座"廊桥"。加上沁芳亭桥的"亭桥"、折带朱栏板桥的"平桥"、沁芳闸桥的"拱桥"，大观园中包含了所有常见桥的种类。

此外，《红楼梦》中还多次以虚笔提到"桥"，如"小桥通若耶之溪，曲径接天台之路""高无隐寺之塔，下无通市之桥"等。这些充分说明了"桥"之于园林、之于文学的重要作用。许多经典的景观、文学的意象便是以桥为名流传千古，如"断桥残雪""灞桥折柳""枫桥夜泊"等。

随着技术的发展，桥的形态、结构、材质、风格都有了很大的改变和极大的丰富，但其基本功能延续至今。"一桥飞架南北，天堑变通途"，桥在提供便利的同时，也增添了几分豪迈、几分精致、几分诗情。

▲ 《浒溪草堂图》局部，明代文徵明

▲　断桥残雪，南宋叶肖岩《西湖十景图》册

山水

花木

第三章

园林观：抱水衔山花木间

建筑、山水、花木是构成古典园林的三要素，三者互相联系，密不可分，遵循"虽由人作、宛自天开"的艺术标准，将"自然美"与"人工美"相结合。

古典园林大多以建筑为中心，结合周边的山水、花木构成景点，大观园也是如此。但也有部分景点仅由山石和花木组合而成，如"翠嶂"。

▲ 翠嶂，清代孙温绘全本《红楼梦》局部

园林艺术与诗词、绘画等艺术有着极深的渊源。诗词中"言外之意，韵外之致"的意境，深刻影响着园林意境的营造。绘画中"意贵乎远，境贵乎深"的艺术追求，也深刻影响着园林艺术的追求。因此，古典园林讲究曲径通幽，含蓄莫测，也就是要处理好"藏与露""虚与实"的关系。迎门一带翠嶂，这是"藏"，是拒绝，是阻挡；微露羊肠小径，这是"露"，是邀请，是迎接。其山石嶙峋，或如鬼怪，或如猛兽，纵横拱立，巍巍乎高山也。

如今，进入拙政园仍能迎面看到一带假山。山不甚高却颇有气势，周边绿树成荫，花木扶疏，既能避免一览无遗，又能透露园林消息，很好地体现了这种艺术手法。

除了山石与花木结合，也有单纯以山水为中心的景点，如"石港"。其由怪石堆叠而成，其下有洞，沁芳溪从中穿过。山上萝薜倒垂，水上落花浮荡。可乘船从洞中通行，也可从山间步道攀藤抚树而行。

这是典型的山水景观，各大园林中几乎都有，只是规模不同，气势不同。最佳者，当属环秀山庄。园内假山占地仅半亩，却集"峰、峦、崖、壁、谷、涧、穴、洞、梁、径、蹬、室"于一身，境界多变，一如天然，有"别开生面，独步江南"的美誉。

还有单纯以花木为中心的景点，如"柳叶渚"。渚，小洲也，柳叶渚即栽植柳树的小块水中陆地。

初春时分，柳树刚刚发芽，叶吐浅碧，丝若垂金。莺儿与蕊官在柳叶渚"挽翠披金"，采了许多新枝嫩条，顺着柳堤一行走、一行编，又采一二枝野花做点缀，编出了一个玲珑过梁的篮子。不料却被春燕她娘和姑妈一顿打骂，原本天真活泼、协调融洽的场景，瞬间变成指桑骂槐、争强斗狠的事件，联系到《红楼梦》中每况愈下的大环境，不难发现，即使是生机勃发的春天，也有暗流涌动的危机，可悲可叹。

▼ 柳叶渚，清代孙温绘全本《红楼梦》局部

◯ 山水

山水，是园林的地质基础，也一直是自然风景的代称。

古典园林讲究"山环水抱"——水随山转，山因水活。若二者缺一，则不足称奇。因此，有山有水的山林地，是造园家的首选。但受限于自然条件，园林中的山水大多是以"假山假水"模拟"真山真水"。其艺术手法分别称作"掇山"和"理水"："掇"指拾掇、选取，分为岩、峦、洞、穴、涧、壑、坡、矶等山体类型；"理"指整理、梳理，又有湖、池、潭、湾、溪、瀑布等水体形态。

古典园林中的假山堆叠，可以把多方之景胜集于咫尺之山林。选石类型，主要有湖石类、黄石类、卵石类和剑石类，其中以太湖石和黄石最为常用。太湖石玲珑剔透，纹美质佳，既可奇峰孤赏，又可构筑峭壁危峰；黄石古拙厚重，棱角分明又质地坚硬，大多构筑雄山壮景。

中国自古便有赏石、玩石的传统，也形成了独特的"石文化"。石者，地之精、气之核、山之影。早在开天辟地时，便有"女娲补天"的传说。《红楼梦》即据此开篇：

> 原来女娲氏炼石补天之时，于大荒山、无稽崖炼成高经十二丈、方经二十四丈顽石三万六千五百零一块。娲皇氏只用了三万六千五百块，只单单剩了一块未用，便弃在此山青埂峰下。谁知此石自经煅炼之后，灵性已通，因见众石俱得补天，独自己无材不堪入选，遂自怨自叹，日夜悲号惭愧。（第一回）

"石文化"在宋代达到巅峰，成就了"括天下之美，藏古今之胜"的艮岳及一大批赏石名家，如爱石成癖的苏轼和玩石如癫的米芾。文人对奇峰怪石的搜求、赏玩与品评，虽然提高了石的艺术内涵，却也限制了石的艺术发展。过分追求湖石"透、漏、瘦、皱、丑"，既激化了社会的矛盾，也留下了掇山的弊病。直到明代，计成提出"是石堪堆，遍山可采"的观点，才扩大了园林选石的范围，形成了"因地制宜、因形随势"的掇山理念。

▲ 《拜石图》，明代施馀泽

山水的"园法"与山水的"画理"有着千丝万缕的关系。扬州个园中分别以"笋石、湖石、黄石、宣石"叠成的四季假山，可以看作郭熙"春山澹冶而如笑，夏山苍翠而如滴，秋山明净而如妆，冬山惨淡而如睡"的象征和再现。

至于古典园林中的水体布局，通常以聚为主、以分为辅，以大为主、以小为辅——聚则大，开阔疏朗；分则小，曲折幽深。二者结合，则主从分明，层次丰富。在形态上，以"静水"为主，"动水"为辅。不过"动"与"静"是相对而言，在某些情况下，静水也会呈现出动水的效果，比如风吹波纹、雨滴涟漪，此所谓"以静观动"。

常用的"理水"手法主要有三种：一是"掩"，二是"隔"，三是"破"。掩，即掩盖，以建筑、花木等将水面加以掩映，形成含蓄蕴藉之美。隔，即隔断，以小桥、堤岸等将水面加以分隔，形成曲折幽深之美。破，即打破，以花木、乱石等将水面加以破坏，形成纵横交错之美。总之，要扩大水体的岸线，丰富水面的层次，达到"水有源而无尽"的效果。

园林掇山理水的典型范式，是"一池三山"的山水格局。据《史记》载："蓬莱、方丈、瀛洲，此三神山者，在渤海中。"传说其为仙人所居，有长生不老之药。秦始皇为得永生，派遣徐福东渡寻觅，并在皇家宫苑中挖池叠山，模仿神仙居住的环境，形成了"一池三山"的范式。由于其规模较大，多出现于皇家园林，在面积较小的私家园林，通常"以一代三"，只取其意。比如，颐和园以昆明湖为"一池"，以南湖岛、凤凰墩、治镜阁为"三山"；而留园则仅取一山于池中小岛，并以黄石题曰"小蓬莱"。

"山贵有脉，水贵有源，脉理贯通，全园生动。"山与水在"阴阳和合"的哲学观念下，一静一动、一刚一柔、一实一虚，以博大的胸怀和丰厚的内涵，滋养了园林，也滋养了园林中人。

"有高有凹，有曲有深，有峻有悬，有平有坦"的山水之胜，自成天然之趣，共同构成了大观园的基础，也构筑了《红楼梦》的基调——以山蕴其秀，以水沁其芳。在山环水抱间，移天缩地筑名园。或许，园林山水"有真为假，做假成真"的艺术手段，也影响了《红楼梦》"假作真时真亦假，无为有处有还无"的哲学思想。

⬡ 花木

花木，是园林植物的概称。通常说"建筑是人工的，园林是自然的"，很大程度上便是基于园林花木而言。园林与建筑最重要的区别，或许就在于"花木"。我们可以理解一座园林没有建筑，也可以想象一座园林没有山水，但绝对不能接受一座园林没有花木。

与现代景观植物配置不同，古典园林讲究植物的文化内涵，注重欣赏植物的个体美，或孤植，或对植，或丛植，追求意境的营造。这一特点，源于"比德"思想。

比德是一种自然美学观点，认为"花品"即"人品"，基本特征是将花木的自然属性人格化、人的道德品质客观化，即"花木拟人化"。"比德"思想由来已久，大概可以追溯到春秋时期。《诗经》中"言念君子，温其如玉"，是以玉的温润比拟君子的宽和。《楚辞》中"惟草木之零落兮，恐美人之迟暮"，是以草木零落比喻君子迟暮。

▲ 《岁寒三友图》，南宋赵孟坚

在儒家经典中，这一思想体现得更为充分多样。受此影响，古典园林中的花木"贵精不贵多"，因而，常有以植物为名的建筑或景点——前者如玉兰堂、修竹阁、荷风四面亭、十八曼陀罗花馆等，后者如梧竹幽居、海棠春坞、梨花伴月、青枫绿屿等。

▲ 梨花伴月，清代张若霭《避暑山庄图》册

然而，这一艺术追求，也导致园林中植物的种类相对较少，桂花、山茶、罗汉松等，几乎各园都有种植，且位置相对固定。如梧桐种于院中，玉兰栽于堂前，芭蕉植于窗下。花木种植的组合方式也相对受限，如松、竹、梅的"岁寒三友"组合，玉兰、海棠、牡丹、桂花的"玉堂富贵"组合等。

但古典园林的绝妙之处在于可以把有限的花木，生发出无限的意境。通过与建筑、山水的搭配，与诗情、画意的结合，随着春、夏、秋、冬的季节更迭和阴、晴、雨、雪的天气变化，而有无穷的魅力。比如，拙政园为赏四季之景而分别有亭，又借雨打芭蕉之声和雨打荷花之声，设有"听雨轩"和"留听阁"。不过，最精巧的设计或许在留园，有一单檐卷棚顶的方亭，名为"佳晴喜雨快雪之亭"，分别取自范成大"佳晴有新课"之句、杜甫《春夜喜雨》之诗和王羲之《快雪时晴》之帖，意即无论晴、雨、雪皆宜，"此四时朝昏之景殊，而所乐之趣无穷也。"

▲ 山水花卉扇面，清代恽寿平

古典园林中的花木种植方式，大约分两类：一类是同类植物成片种植，一类是不同植物组合种植。同时，又可与山水、建筑等配合，营造出别样的境界。"潇湘馆"的竹子和"稻香村"的杏花，属于同类植物成片种植，"怡红院"的芭蕉、海棠和"秋爽斋"的梧桐、芭蕉，属于不同植物组合种植。前者可以营造出"面状"的大景致，后者可以凸显出"点状"的小景观。两种方式各具特色，互相补充，共同构成"曲径通幽处，禅房花木深"的意境。

▲ 梨花，清代恽寿平

总而言之，古典园林是由建筑、山水、花木构成的综合体。它不仅具有满足居住的实用功能，还具有修身养性的美学功能，可以"启人之高志，发人之浩气"。同时，传达出古典建筑的营造技艺和社会变迁，以及古典文化的传统思想和哲学理念。其一山一水、一花一木以及一檐飞亭、一弯曲桥，莫不是既关乎景，又关乎事，更关乎人。

▲ 林黛玉重建桃花社，清代孙温绘全本《红楼梦》局部

附录 红楼梦人物关系图

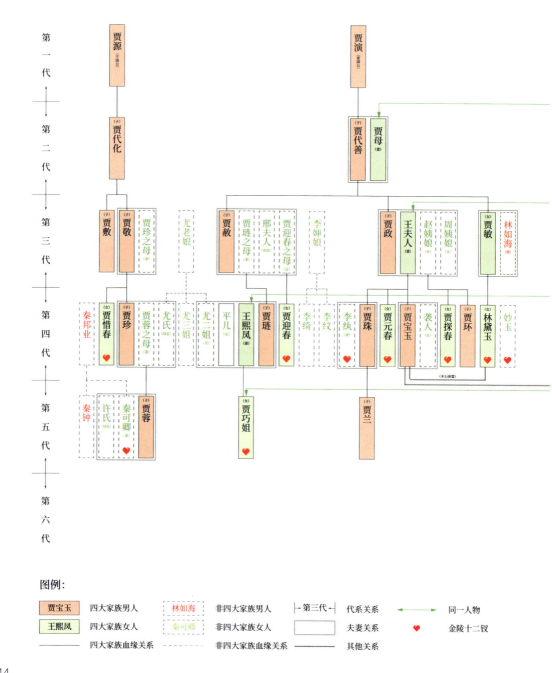

第一代 → 第二代 → 第三代 → 第四代 → 第五代 → 第六代

图例：

贾宝玉 四大家族男人	林如海 非四大家族男人	第三代 代系关系	同一人物
王熙凤 四大家族女人	秦可卿 非四大家族女人	夫妻关系	♥ 金陵十二钗
—— 四大家族血缘关系	- - - 非四大家族血缘关系	—— 其他关系	

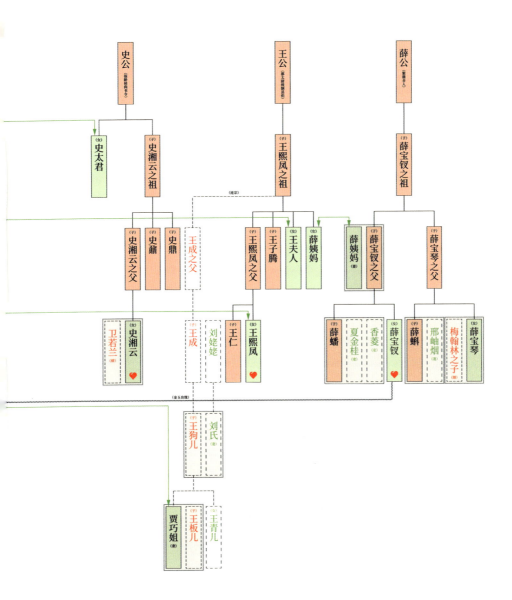

后记

一、《红楼梦》自问世以来，历经抄本、刻本、通行本，至今已近300年，其研究著作汗牛充栋。本书以建筑和园林为切入点，从纸上园林到现实生活，旨在探讨传统营造技艺和古典文化思想，以点带面，抛砖引玉，为红学研究略尽绵薄之力。

二、宁荣府和大观园纷繁复杂，本书只能"择其紧要者录之"。其最要者录于前，如"怡红院""潇湘馆"等；次要者录于中，如"藕香榭""芦雪广"等；再次者合录于后，如"沁芳亭""蜂腰桥"等；余者，则不复录矣。

三、由于笔者水平有限，书中难免有错误、疏漏等不足之处，还请方家不吝赐教。

编者
2024 年秋